소중한 _____ 님께

한 편의 시가 반짝이는 보석처럼 소중한

인생의 길잡이가 되기를 바랍니다

_____ 드림

한국인이 가장 사랑하는

사랑시 100선

북오션은 책에 관한 아이디어와 원고를 설레는 마음으로 기다리고 있습니다. 책으로 만들고 싶은 아이디어가 있으신 분은 이메일(bookrose@naver.com)로 간단한 개요와 취지, 연락처 등을 보내주세요. 머뭇거리지 말고 문을 두드리세요. 길이 열릴 것입니다.

한국인이 가장 사랑하는
사랑시 100선

초판 1쇄 발행 | 2012년 11월 20일
초판 5쇄 발행 | 2014년 12월 15일

엮은이 | 신달자
펴낸이 | 박영욱
펴낸곳 | 북오션

경영총괄 | 정희숙
편집 | 지태진
마케팅 | 최석진 · 김태훈
표지 및 본문 디자인 | 서정희
법률자문 | 법무법인 광평 대표 변호사 안성용(02-525-3001)

주 소 | 서울시 마포구 월드컵로 14길 62
이메일 | bookrose@naver.com
페이스북 | bookocean
전 화 | 편집문의 : 02-325-9172   영업문의 : 02-322-6709
팩 스 | 02-3143-3964

출판신고번호 | 제313-2007-000197호

ISBN 978-89-6799-063-3 (03810)

*「이 도서의 국립중앙도서관 출판예정도서목록(CIP)은 서지정보유통지원시스템 홈페이지(http://seoji.nl.go.kr)와 국가자료공동목록시스템(http://www.nl.go.kr/kolisnet) 에서 이용하실 수 있습니다. (CIP제어번호: CIP2014033462)

한국인이 가장 사랑하는

사랑시 100선

신달자 엮음

북오션

세상 모든 사랑의 향기와 눈물, 상처와 위로,
행복을 담은 사랑시 100선

인류 역사 중 가장 영원한 것은 아마도 '사랑'일 것입니다. 인간이
지상에 태어난 이래 가장 먼저 태어난 것도 사랑일 것입니다. 모든
역사의 태초는 그래서, 사랑일 것입니다.

그런데 참 이상합니다. 사랑의 역사, 사랑의 소설, 사랑의 시, 사랑
의 영화, 사랑의 연극, 사랑의 오페라가 그렇게 헬 수 없이 세계를 돌
고 돌았는데도…… 왜 모든 사람들은 그렇게 많은 스토리, 그렇게 많
은 노래에도 불구하고, 지금도 사랑에 서툴고…… 지금도 사랑은 후
회스럽고 아쉬운 것인지 모르겠습니다.

그래서일까요? 이 시대만큼 기계 문명이 발달하고, 인간 내면의
비밀까지 파헤치는 첨단 과학의 시대에도 불구하고 아직도 사랑엔
전문가가 없는 듯합니다.

그래서 사랑을 노래합니다. 그래서 시인들은 사랑을 적습니다. 그

래서 독자들은 사랑시를 읽습니다.

　사랑을 다른 말로 표현하면 '갈증'일 것입니다 '생명의 이동'일 것입니다 '자신의 역사'일 것입니다. 아닙니다, '울음'이고 '고통'이고 '무한 상처'일 것입니다. 그러나 다시 다른 말로 얘기하면 '위로'이며 '활력'이며 '새로운 생명력'이라고 해야 할 것입니다.

　누가 썼더라도 그 사랑시는 바로 우리들 '마음 풍경'이기 때문입니다. 우리 자신의 마음이므로 더불어 위로받고, 상처도 치유됩니다. 때문에 인류 공동의 의식인 사랑에 대한 궁금증을, 그 내밀한 마음들을 나누며 울고 웃습니다.

　사랑은 다 색깔이 다릅니다. 향기도 다릅니다. 모양도 다릅니다. 시간도 다릅니다. 이처럼 사랑의 총체가 모두 다르므로 시인들의 사랑시도 모두 다릅니다.

그래서 이번 '사랑 모음집'에는 이 세상에 존재하는 모든 사랑을 담았습니다. 모든 향기와 모든 눈물, 모든 행복을 담았습니다.

때문에 이 사랑 모음집은 우리들의 허기를 채워 주고, 그리움을 채워 주고, 아픈 상처에 새 살을 돋게 하는 극복의 힘을 만들어 내리라 저는 믿습니다.

그대는 지금 마음 둘 곳이 없습니까? 인생이 어지럽고 혼돈에 빠져 있습니까? 그러면 이 사랑의 시에 흠뻑 빠져 보세요. 그리고 그 사랑이 어떤 모양이고 향기인지 그대만의 무늬를 만들어 보세요. 반드시 그대의 사랑 무늬가 거기 있을 것이고, 그 존재에 놀라 '공감의 행복'을 느낄 것입니다. 그리고 아물지 않은 그대의 상처가 웃게 될 것입니다.

사랑에는 '사랑'이라는 확신의 마음이 필요합니다. 사랑에는 '사랑'이라는 동의가 필요합니다. 그래야 우리는 사랑하는 사람이 되고 사랑받는 사람이 될 것입니다.

여기 모은 사랑시는 그대에게 바로 그 확신을 심어 줄 것입니다.

2012년 가을

신달자

차 례

시를 고르며_ 세상 모든 사랑의 향기와 눈물,
          상처와 위로, 행복을 담은 사랑시 100선 – 신달자   4

1장
오늘은
내가
반달로 떠도

즐거운 편지 | 황동규   14

별헤는 밤 | 윤동주   16

그대는 나의 전부입니다 | 파블로 네루다   20

너의 이름을 부르면 | 신달자   22

너를 기다리는 동안 | 황지우   24

애너벨 리 | 에드거 앨런 포   26

오늘은 내가 반달로 떠도 | 이해인   30

百年 | 문태준   32

만일 당신이 바라신다면 | 아폴리네르   34

사랑의 말 | 김남조   36

다시 첫사랑의 시절로 돌아갈 수 있다면 | 장석주   38

어떻게 사랑하게 되었냐고 묻기에 | 바이런   40

사랑의 역사 | 이병률   42

자전거의 연애학 | 손택수   44

사랑 | 바울   46

임께서 부르시면 | 신석정   48

세월이 가면 | 박인환   50

첫 키스에 대하여 | 칼릴 지브란   52

겨우살이 | 정진규   54

그대의 별이 되어 | 허영자   56

노래의 날개 위에 | H. 하이네   58

홀로서기 · 1 | 서정윤   60

그대 앞에 봄이 있다 | 김종해   68

내가 만약 | 헤르만 헤세   70

뺨의 도둑 | 장석남   72

2장
눈송이처럼 너에게 가고 싶다

당신이 날 사랑해야 한다면 | 로버트 브라우닝　76

푸르른 날 | 서정주　78

내 사랑은 | 존스베리　80

이런 사랑 | 버지니아 울프　82

봄 | 유안진　84

사랑의 노래 | 릴케　86

너에게 | 신동엽　88

내가 부를 노래 | 타고르　90

사랑의 비밀 | 블레이크　92

나 당신을 그렇게 사랑합니다 | 한용운　94

사랑의 기도 | J. 갈로　96

노래 | 이시영　100

나는 그대를 사랑했다오 | 푸슈킨　102

이별가 | 박목월　104

그대가 있다는 이유만으로도 | T. 제프란　106

사랑과 세월 | 셰익스피어　108

겨울사랑 | 문정희　110

아름다운 사랑 | 단테　112

사랑이란 | 오쇼 라즈니쉬　114

사랑 사랑 내 사랑 | 오탁번　116

사랑의 노래 | S. P. 슈츠　118

사랑 | 드라이든　120

초혼招魂 | 김소월　122

진정으로 사랑한다는 것은 | 실러　124

사랑하는 사람 가까이 | 괴테　126

3장
미칠 듯
그리워질
때가 있다

가을에는 | 최영미   130

당신을 사랑해요 | 베티   132

그대 창가에 | 경요   136

별, 아직 끝나지 않은 기쁨 | 마종기   138

사랑은 조용히 오는 것 | 밴더빌트   140

가끔은 비 오는 간이역에서 은사시나무가 되고 싶었다 | 이정하   142

살다가 보면 | 이근배   144

그대를 사랑하는 것은 | 스티븐 태프   146

사랑의 꿈 | 정현종   148

낙화 | 이형기   150

성냥개비 사랑 | 프레베르   152

가난한 사랑노래 | 신경림   154

작은 연가 | 박정만   156

누군가를 사랑한다는 것은 | W. 카터   158

접시꽃 당신 | 도종환   160

한 그리움이 다른 그리움에게 | 정희성   164

그대가 나의 사랑이 되어 준다면 | A. 도데   166

참 좋은 당신 | 김용택   168

그립다는 말의 긴 팔 | 문인수   170

그대를 사랑합니다 | L. 에드워드   172

네가 그리우면 나는 울었다 | 고정희   174

당신을 어떻게 사랑하느냐고요 | 엘리자베스 브라우닝   178

사랑하기 때문에 | P. M. 윌리엄스   180

사랑하는 별 하나 | 이성선   182

내 사랑을 바칩니다 | 리처드 W. 웨버   184

4장
그대는
내 마음에
시를 심고…

발자국 | 정호승　188
다시 태어나도 그대를 사랑하겠습니다 | J. 포스터　190
참사랑 | 톨스토이　192
도화 아래 잠들다 | 김선우　194
우리 사랑에는 끝이 없습니다 | 로런드 R. 호스킨스 주니어　196
사랑하는 사람이여 | 롱펠로　198
고백성사 | 김종철　200
내 인생에서 그대는 | 나폴레옹　202
우리는 | P. 엘뤼아르　204
사모 | 조지훈　206
사랑은 그대와 함께하는 여행입니다 | W. 코웰　208
내가 지금 당신을 사랑하는 것은 | 로리 크로프트　210
사랑법 | 강은교　212
그대 향한 내 마음은 사랑입니다 | M. 크라우디우스　216
사랑의 기교 2 _ 라포르그에게 | 오규원　218
내 마음속의 그대 | 다나 M. 블리스턴　220
사랑의 목소리는 실금처럼 메아리친다 | 최동호　222
행복한 마음으로 당신을 사랑합니다 | 폴 고갱　224
그대를 사랑하는 이유 | 오버그　226
원시(原始) | 오세영　228
사랑하겠습니다 | 호건　230
언제나 당신이 나만을 생각한다면 | 빅토르 위고　232
그리하여 어느 날 사랑이여 | 최승자　234
나의 사랑 | 조니반　238
사랑은 끝이 없다네 | 박노해　242

시인 소개　246

1장

오늘은 내가
반달로 떠도

즐거운 편지

황동규

1

내 그대를 생각함은 항상 그대가 앉아 있는 배경에서 해가 지고 바람이 부는 일처럼 사소한 일일 것이나 언젠가 그대가 한없이 괴로움 속을 헤매일 때에 오랫동안 전해오던 그 사소함으로 그대를 불러보리라

2

진실로 진실로 내가 그대를 사랑하는 까닭은 내 나의 사랑을 한없이 잇닿은 그 기다림으로 바꾸어버린 데 있었다 밤이 들면서 골짜기엔 눈이 퍼붓기 시작했다 내 사랑도 언제쯤에선 반드시 그칠 것을 믿는다 다만 그때 내 기다림의 자세를 생각하는 것뿐이다 그동안에 눈이 그치고 꽃이 피어나고 낙엽이 떨어지고 또 눈이 퍼붓고 할 것을 믿는다

별헤는 밤

윤동주

계절이 지나가는 하늘에는
가을로 가득 차 있습니다

나는 아무 걱정도 없이
가을 속의 별들을 다 헤일 듯합니다

가슴속에 하나 둘 새겨지는 별을
이제 다 못 헤는 것은
쉬이 아침이 오는 까닭이요,
내일 밤이 남은 까닭이요,
아직 나의 청춘이 다하지 않은 까닭입니다

별 하나에 추억과
별 하나에 사랑과
별 하나에 쓸쓸함과

별 하나에 동경과
별 하나에 시와
별 하나에 어머니, 어머니,

어머님, 나는 별 하나에 아름다운 말 한마디씩 불러봅니다 소
학교 때 책상을 같이 했던 아이들의 이름과 패佩, 경鏡, 옥玉 이
런 이국 소녀들의 이름과, 벌써 애기 어머니 된 계집애들의
이름과, 가난한 이웃 사람들의 이름과, 비둘기, 강아지, 토끼,
노새, 노루, '프랑시스 잠' '라이너 마리아 릴케' 이런 시인의
이름을 불러봅니다

이네들은 너무나 멀리 있습니다
별이 아슬히 멀듯이,

어머님,

그리고 당신은 멀리 북간도에 계십니다

나는 무엇인지 그리워
이 많은 별빛이 내린 언덕 위에
내 이름자를 써 보고
흙으로 덮어 버리었습니다

딴은 밤을 새워 우는 벌레는
부끄러운 이름을 슬퍼하는 까닭입니다

그러나, 겨울이 지나고 나의 별에도 봄이 오면
무덤 위에 파란 잔디가 피어나듯이
내 이름자 묻힌 언덕 위에도
자랑처럼 풀이 무성할 게외다

그대는 나의 전부입니다

파블로 네루다

당신은 해질 무렵
붉은 석양에 걸려 있는
그리움입니다
빛과 모양 그대로
내가 가장 좋아하는 구름입니다

그대는 나의 전부입니다
부드러운 입술을 가진 그대여,
그대의 생명 속에는
나의 꿈이 살아 있습니다.
그대를 향한
변치 않는 꿈이 살아 숨 쉬고 있습니다

사랑에 물든 내 영혼의 빛은
그대의 발밑을
붉은 장밋빛으로 물들입니다

오, 내 황혼의 노래를 거두는 사람이여,
내 외로운 꿈속 깊이 사무쳐 있는
그리운 사람이여,
그대는 나의 전부입니다
그대는 나의 모든 것입니다

석양이 지는 저녁
고요히 불어오는 바람 속에서
나는 소리 높여 노래하며
길을 걸어갑니다

사랑하는 그대여, 내 영혼은
그대의 슬픈 눈가에서 다시 태어나고
그대의 슬픈 눈빛에서 나시 시작됩니다

너의 이름을 부르면

신달자

내가 울 때 왜 너는 없을까
배고픈 늦은 밤에
울음을 참아내면서
너를 찾지만
이미 너는 내 어두운
표정 밖으로 사라져 버린다

같이 울기 위해서
너를 사랑한 건 아니지만
이름을 부르면
이름을 부를수록
너는 멀리 있고
내 울음은 깊어만 간다

같이 울기 위해서
너를 사랑한 건 아니지만

너를 기다리는 동안

황지우

네가 오기로 한 그 자리에

내가 미리 가 너를 기다리는 동안

다가오는 모든 발자국은

내 가슴에 쿵쿵거린다

바스락거리는 나뭇잎 하나도 다 내게 온다

기다려 본 적이 있는 사람은 안다

세상에서 기다리는 일처럼 가슴 애리는 일 있을까

네가 오기로 한 그 자리, 내가 미리 와 있는 이곳에서

문을 열고 들어오는 모든 사람이

너였다가

너였다가, 너일 것이었다가

다시 문이 닫힌다

사랑하는 이여

오지 않는 너를 기다리며

마침내 나는 너에게 간다

아주 먼데서 나는 너에게 가고
아주 오랜 세월을 다하여 너는 지금 오고 있다
아주 먼데서 지금도 천천히 오고 있는 너를
너를 기다리는 동안 나도 가고 있다
남들이 열고 들어오는 문을 통해
내 가슴에 쿵쿵거리는 모든 발자국 따라
너를 기다리는 동안 나는 너에게 가고 있다

애너벨 리

에드거 앨런 포

아주 오랜 옛날
바닷가 어느 왕국에
당신들이 아실지도 모를 한 소녀
애너벨 리가 살고 있었다
나만을 생각하고 나만을 사랑하며
나밖에는 아무것도 몰랐다

나는 어린애였고 그녀도 어린애였으나
바닷가 이 왕국 안에서
우리는 으뜸가는 사랑으로 사랑했었다
나와 나의 애너벨 리는
날개 달린 하늘의 천사들도
시샘할 만큼 그렇게 사랑했었다

오랜 옛날, 분명 그 때문에

바닷가 이 왕국에

구름으로부터 바람이 불어와

내 아리따운 애너벨 리를 싸늘하게 하고

그녀의 지체 높은 친척들이 몰려와

내게서 그녀를 앗아가 버렸고

바닷가 이 왕국에 있는

무덤 속에 가두고 말았다

우리의 반만큼도 행복을 누리지 못했던 천사들이

하늘에서 우리를 시샘한 것이었다

단연코 그것이 이유였다

(바닷가 이 왕국에선 모두 알고 있다시피)

밤 사이에 구름에서 바람이 불어닥쳐

나의 애너벨 리를 싸늘하게 죽인 것은

하지만 우리의 사랑은 훨씬 굳세었다
우리보다 나이 많은 사람들의 사랑보다
우리보다 현명한 사람들의 사랑보다
그 때문에 하늘의 천사들도
바다 밑에 웅크린 악마들도
내 영혼을 아리따운 애너벨 리의 영혼에서
떼어 놓을 수는 없었다

그러기에 달빛이 비칠 때엔
아리따운 애너벨 리의 꿈을 꾸고
별빛이 돋아나면 나는
아리따운 애너벨 리의 눈동자를 만난다
그러면 나는 밤새워 내 사랑, 내 사랑,
내 생명, 내 신부 곁에 누워 있다
거기 바닷가 무덤 속에
물결치는 바닷가 그녀 무덤 곁에

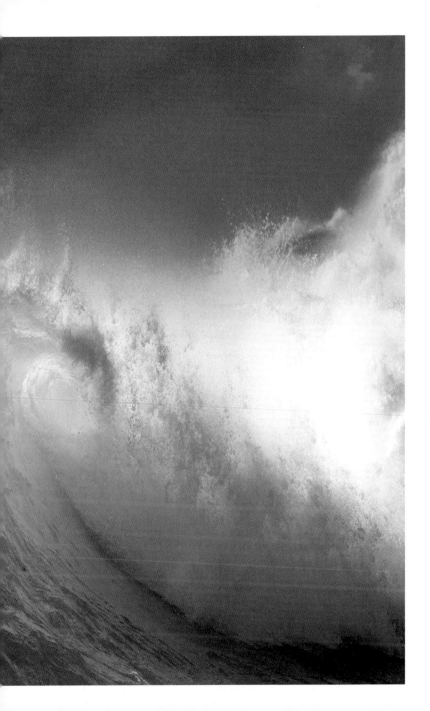

오늘은 내가 반달로 떠도

이해인

손 시린 나목의 가지 끝에
홀로 앉은 바람 같은
목숨의 빛깔

그대의 빈 하늘 위에
오늘은 내가 반달로 떠도
차오르는 빛

구름에 숨어서도
웃음 잃지 않는
누이처럼 부드러운 달빛이 된다

잎새 하나 남지 않은
나의 뜨락엔 바람이 차고
마음엔 불이 붙는 겨울날

빛이 있어
혼자서도
풍요로워라

맑고 높이 사는 법을
빛으로 출렁이는
겨울 반달이여

百年

문태준

와병 중인 당신을 두고 어두운 술집에 와 빈 의자처럼 쓸쓸히
술을 마셨네

내가 그대에게 하는 말은 다 건네지 못한 후략의 말

그제는 하얀 앵두꽃이 와 내 곁에서 지고
오늘은 왕버들이 한 이랑 한 이랑의 새잎을 들고 푸르게 공중
을 흔들어 보였네

단골 술집에 와 오늘 우연히 시렁에 쌓인 베개들을 올려보았네
연지처럼 붉은 실로 꼼꼼하게 바느질해놓은 百年이라는 글씨

저 百年을 함께 베고 살다 간 사랑은 누구였을까
병이 오고, 끙끙 앓고, 붉은 알몸으로도 뜨겁게 껴안자던 百年

등을 대고 나란히 눕던, 당신의 등을 쓰다듬던 그 百年이라
는 말
강물처럼 누워 서로서로 흘러가자던 百年이라는 말

와병중인 당신을 두고 어두운 술집에 와 하루를 울었네

만일 당신이 바라신다면

아폴리네르

만일 당신이 바라신다면
난 당신께 드리겠어요
아침을
나의 명랑한 아침을

그리고 당신이 좋아하는
빛나는 나의 머리카락과
금빛 도는 나의 푸른 눈을

만일 당신이 바라신다면
난 당신께 드리겠어요
따사로운 햇살 비추는 곳에서
눈 뜨는 아침 들려오는
모든 소리와
근처 분수 속에서 치솟아 흐르는

감미로운 물소리들을

그리고 이윽고 찾아들 석양을
나의 쓸쓸한 마음의 눈물인
저 석양을

또한 조그마한 나의 손
그리고
당신의 마음 가까이
놔두지 않으면 안 될
나의 마음을

사랑의 말

김남조

1
사랑은 말하지 않는 말
아침해 단잠을 깨우듯
눈부셔 못 견딘
사랑 하나
입술 없는 영혼 안에 집을 지어
대문 중문 다 지나는
맨 뒷방 병풍 너머
숨어 사네

옛 동양의 조각달과
금빛 수실 두르는 별들처럼
생각만이 깊고
말하지 않는 말
사랑 하나

2
사랑을 말한 탓에
천지간 불붙어 버리고
그 벌罰이 시키는 대로
세상 양끝이 나뉘었었네
한평생 다 저물어
하직下直삼아 만났더니
아아 천만 번 쏟아 붓고도
진홍인 노을

사랑은
말해버린 잘못조차
아름답구나

다시 첫사랑의 시절로 돌아갈 수 있다면

장석주

어떤 일이 있어도 첫사랑을 잃지 않으리라

지금보다 더 많은 별자리의 이름을 외우리라

성경책을 끝까지 읽어보리라

가보지 않은 길을 골라 그 길의 끝까지 가보리라

시골의 작은 성당으로 이어지는 길과

폐가와 잡초가 한데 엉겨 있는 아무도 가지 않은

길로 걸어가리라

깨끗한 여름 아침 햇빛 속에 벌거벗고 서 있어 보리라

지금보다 더 자주 미소 짓고

사랑하는 이에겐 더 자주 '정말 행복해'라고 말하리라

사랑하는 이의 머리를 감겨주고

두 팔을 벌려 그녀를 더 자주 안으리라

사랑하는 이를 위해 더 자주 부엌에서

음식을 만들어보리라

다시 첫사랑의 시절로 돌아갈 수 있다면

상처받는 일과 나쁜 소문,
꿈이 깨어지는 것 따위는 두려워하지 않으리라
다시 첫사랑의 시절로 돌아갈 수 있다면
벼랑 끝에 서서 파도가 가장 높이 솟아오를 때
바다에 온몸을 던지리라

어떻게 사랑하게 되었냐고 묻기에

바이런

"어떻게 사랑을 시작하게 되었느냐!"
그것을 내게 묻다니 가혹하군요
수많은 눈길을 읽으시고도
그대를 보는 순간 비로소 인생이 시작된 것을

더구나 사랑의 종말을 알고자 하나요
미래가 두려워 마음은 늘 제자리지만
사랑은 끝없는 슬픔 속을 말없이 헤매이며
죽는 그날까지 살아 있는 것을

사랑의 역사

이병률

왼편으로 구부러진 길, 그 막다른 벽에 긁힌 자국 여럿입니다

깊다 못해 수차례 스치고 부딪친 한두 자리는 아예 음합니다

맥없이 부딪쳤다 속상한 마음이나 챙겨 돌아가는 괜한 일들
의 징표입니다

나는 그 벽 뒤에 살았습니다

잠시라 믿고도 살고 오래라 믿고도 살았습니다

굳을 만하면 받치고 굳을 만하면 받치는 등뒤의 일이 내 소관
이 아니란 걸 비로소 알게 됐을 때

마음의 뼈는 금이 가고 천장마저 헐었는데 문득 처음처럼 심

장은 뛰고 내 목덜미에선 난데없이 여름 냄새가 풍겼습니다

자전거의 연애학

손택수

홀아비로 사는 내 늙은 선생님은 자전거 연애의 창안자다 그
에 따르면 유별한 남녀 사이를 자전거만큼 친근하게 만들어
주는 것도 없다 일단 자전거를 능숙하게 탈 줄 알아야 혀 탈
줄 안다는 것, 그건 낙법과 관계가 있지 나는 주로 하굣길에
여학교 근처를 어슬렁거리다 점찍어둔 가방을 낚아채는 방법
을 썼어 그럼 제깐 것이 별수 있간디, 가방 달라고 죽어라 뛰
어오겠지 그렇게만 되면 만사가 탄탄대로라 이 말이야 지쳐
서 더 뛰어오지 못하는 여학생 은근슬쩍 뒤에 태우고 유유히
휘파람이나 불며 달려가면 되는 것이지 뒤에서 허리를 꼭 잡
고 놓지 못하도록 약간의 과속은 필수항목이고, 그렇게 달려
가다 갈대숲이나 보리밭이 나오면 어어어 브레이크가 말을
안듣네 이를 어째 가능한 으슥한 곳을 찾아 재깍 넘어지는 거
야 그러고는 아주 드러누워버리는 것이지 어째 허리가 펴지
질 않는다고, 발목이 삐끗했나보다고, 아무래도 여기서 쪼깐
쉬어가는 게 낫겠다고…… 아울러 이 모든 일엔 품위가 있어

야 혀 서화담이 황진이 만나듯인 아니더래도 서규정*이 직녀
를 만나듯은 격이 있어야 된단 이 말씀이지 이것이 요즘 너희
젊은것들 잘 나가는 오토바이나 스포츠카로는 감히 엄두도
못 낼 자전거 연애라는 것이야 허허허 좋은 세상이란 그런 것
이지 젊으나 젊은것들이 불알 두 쪽만 갖고도 연애를 걸 수 있
는 세상이지 그는 술잔을 기울이며 한 말씀 더 남기신다 그런
데 그 맛에 너무 깊이 빠지면 못써, 잘못하면 나처럼 이 나이
껏 혼자서 살아야 할 테니께

* 서규정, 《직녀에게》 빛남출판사, 1999

사랑

바울

사랑은 오래 참고

사랑은 온유하며

투기하는 자가 되지 아니하며

사랑은 자랑하지 아니하며

교만하지 아니하며

무례히 행치 아니하며

자기의 유익을 구하지 아니하며

성내지 아니하며

악한 것을 생각하지 아니하며

불의를 기뻐하지 아니하며

진리와 함께 기뻐하고

모든 것을 참으며

모든 것을 믿으며

모든 것을 바라며

모든 것을 견디느니라

사랑은 언제까지든지 떨어지지 아니하나

예언도 폐하고 방언도 그치고 지식도 폐하리라

그런즉 믿음, 소망, 사랑

이 세 가지는 항상 있을진대

그중에 제일은 사랑이니라

임께서 부르시면

신석정

가을날 노랗게 물들인 은행잎이
바람에 흔들려 휘날리듯이
그렇게 가오리다
임께서 부르시면……

호수에 안개 끼어 자욱한 밤에
말없이 재 넘는 초승달처럼
그렇게 가오리다
임께서 부르시면……

포근히 풀린 봄 하늘 아래
굽이굽이 하늘가에 흐르는 물처럼
그렇게 가오리다
임께서 부르시면……

파아란 하늘에 백로가 노래하고

이른 봄 잔디밭에 스며드는 햇볕처럼

그렇게 가오리다

임께서 부르시면……

세월이 가면

박인환

지금 그 사람 이름은 잊었지만
그의 눈동자 입술은
내 가슴에 있네

바람이 불고
비가 올 때도
나는 저 유리창 밖
가로등 그늘의 밤을 잊지 못하지

사랑은 가고 옛날은 남는 것
여름날의 호숫가, 가을의 공원
그 벤치 위에
나뭇잎은 떨어지고
나뭇잎은 흙이 되고
나뭇잎에 덮여서

우리들 사랑이
사라진다 해도

지금 그 사람 이름은 잊었지만
그의 눈동자 입술은
내 가슴에 있네
내 서늘한 가슴에 있네

첫 키스에 대하여

칼릴 지브란

그건 여신에 의해 생명의 즙으로 채워진 잔을
마시는 첫 모금
그건 정신을 속이고 마음을 슬프게 하는 의심과 내면의
자아를 기쁨으로 넘치게 하는 믿음 사이의 경계선
그건 생명의 노래 그 시작이며 관념적인
인간 드라마의 제1막
그건 과거의 낯설음과 미래의 밝음을 묶는 굴레, 감정의
침묵과 그 노래 사이의 끈
그건 네 개의 입술이 마음은 왕좌, 사랑은 왕,
성실은 왕관이라고 선언하는 말
그건 산들바람의 섬세하고 예민한 손가락이
안도의 한숨과 달콤한 신음을 하고 있는 장미의 입술을
스치는 부드러운 접촉
그건 사랑하는 이들을 무게와 길이의 세계로부터
꿈과 계시의 세계로 이끄는 신비로운 떨림의 시작

그건 향기로운 두 송이 꽃의 결합, 그리고 제3의
영혼의 탄생을 향한 그들 향기의 혼합
첫 눈 마주침이 마음의 들판에 여신이 뿌린 씨와 같다면
첫 키스는 생명의 나뭇가지 끝에 핀 첫 꽃망울

겨우살이

정진규

내 사랑 겨우살이 한번 풀어보려고 겨우살이 찾아, 직효直效라
는 그걸 찾아 눈 덮인 심산 들었다 참나무 뽕나무 오리나무에
붙어살지만 겨울날 홀로 초록 잎새 싱싱한 독야청청 겨우살
이, 나 좀 살려다오 내 후살이로 조심조심 모셔왔다 네 몸 달
이어 나를 깊게 뎁혔으나 아직도 여적지다 너나 나나 아직도
겨우살이다 내 사랑 겨우살이 아직도 여적지다 몰랐었구나
사랑이 본시 겨우살이인 것을, 후살이가 본시 겨우살이인 것
을, 합환合歡이여, 철든 사랑아

그대의 별이 되어

허영자

사랑은
눈멀고 귀 먹고 그래서 멍멍히 괴어 있는
물이 되는 일이다
물이 되어 그대 그릇에
정갈히 담기는 일이다
사랑은
눈 뜨고 귀 열리고 그래서 총총히 빛나는
별이 되는 일이다
별이 되어 그대 밤하늘을
잠 안 자고 지키는 일이다
사랑은
꿈이다 생시이다가 그 전부이다가
마침내 아무것도 아닌 것이 되는 일이다
아무것도 아닌 것이 되어 그대 한 부름을
고즈넉이 기다리는 일이다

노래의 날개 위에

H. 하이네

노래의 날개 위에 사뿐히 올라서
함께 가요, 사랑하는 사람이여
갠지스강 그 기슭 푸른 풀밭에
우리 둘이 갈 만한 곳이 있어요

환한 달 동산에 고요히 떠오를 적에
빨갛게 활짝 피는 아름다운 꽃동산
잔잔한 호수에 미소 짓는 연꽃들은
아름다운 그대를 기다리고 있어요

꽃들은 서로서로 미소를 머금고
하늘의 별을 향하여 소곤대고
장미는 서로서로 넝쿨을 엮고서
달콤한 밀어 속삭이는 뺨을 부빈 답니다

깡충깡충 뛰어나와 귀를 쫑긋거리는
귀여운 염소의 평화로운 모습과
해맑은 시냇물 노래하는 소리
세상 끝까지 울려 퍼지는 곳

그 아름다운 꽃동산 종려나무 그늘에
사랑하는 그대와 함께 누워서
사랑의 온갖 즐거움을 서로 나누며
아름다운 꿈 끝이 없도록 살아가자고요

홀로서기 · 1

서정윤

– 둘이 만나 서는 게 아니라,
홀로 선 둘이가 만나는 것이다

1
기다림은
만남을 목적으로 하지 않아도
좋다
가슴이 아프면
아픈 채로,
바람이 불면
고개를 높이 쳐들어서, 날리는
아득한 미소

어디엔가 있을
나의 한 쪽을 위해

헤매이던 숱한 방황의 날들
태어나면서 이미
누군가가 정해졌었다면,
이제는 그를
만나고 싶다

2
홀로 선다는 건
가슴을 치며 우는 것보다
더 어렵지만
자신을 옭아맨 동아줄,
그 아득한 끝에서 대롱이며
그래도 멀리,
멀리 하늘을 우러르는
이 작은 가슴

누군가를 열심히 갈구해도
아무도
나의 가슴을 채워줄 수 없고
결국은
홀로 살아간다는 걸
한겨울의 눈발처럼 만났을 때
나는
또다시 쓰러져 있었다

3
지우고 싶다
이 표정 없는 얼굴을
버리고 싶다
아무도
나의 아픔을 돌아보지 않고
오히려 수렁 속으로
깊은 수렁 속으로
밀어 넣고 있는데
내 손엔 아무것도 없으니
미소를 지으며

체념할 수밖에……
위태위태하게 부여잡고 있던 것들이
산산이 부서져 버린 어느 날, 나는
허전한 뒷모습을 보이며
돌아서고 있었다

4
누군가가
나를 향해 다가오면
나는 〈움찔〉 뒤로 물러난다
그러다가 그가
나에게서 떨어져 갈 땐
발을 동동 구르며 손짓을 한다

만날 때 이미
헤어질 준비를 하는 우리는,
아주 냉담하게 돌아설 수 있지만
시간이 지나면 지날수록
아파오는 가슴 한 구석의 나무는
심하게 흔들리고 있다

떠나는 사람은 잡을 수 없고
떠날 사람을 잡는 것만큼
자신이 초라할 수 없다
떠날 사람은 보내어야 한다
하늘이 무너지는 아픔일지라도

5
나를 지켜야 한다
누군가가 나를 차지하려 해도
그 허전한 아픔을
또다시 느끼지 않기 위해
마음의 창을 꼭꼭 닫아야 한다
수많은 시행착오를 거쳐
얻은 이 절실한 결론을
〈이번에는〉
〈이번에는〉 하며 여겨보아도
결국 인간에게서는
더이상 바랄 수 없음을 깨달은 날
나는 비록 공허한 웃음이지만
웃음을 웃을 수 있었다

아무도 대신 죽어주지 않는

나의 삶,

좀더 열심히 살아야겠다

6

나의 전부를 벗고

알몸뚱이로 모두를 대하고 싶다

그것조차

가면이라고 말할지라도

변명하지 않으며 살고 싶다

말로써 행동을 만들지 않고

행동으로 말할 수 있을 때까지

나는 혼자가 되리라

그 끝없는 고독과의 투쟁을

혼자의 힘으로 견디어야 한다

부리에,

발톱에 피가 맺혀도

아무도 도와주지 않는다

숱한 불면의 밤을 새우며

〈홀로 서기〉를 익혀야 한다

7
죽음이
인생의 종말이 아니기에
이 추한 모습을 보이면서도
살아 있다
나의 얼굴에 대해
내가
책임질 수 있을 때까지
홀로임을 느껴야 한다

그리고
어딘가에서
홀로 서고 있을, 그 누군가를 위해
촛불을 들자
허전한 가슴을 메울 수는 없지만
〈이것이다〉 하며
살아가고 싶다
누구보다도 열심히 사랑을 하자

그대 앞에 봄이 있다

김종해

우리 살아가는 일 속에
파도치는 날 바람 부는 날이
어디 한두 번이랴
그런 날은 조용히 닻을 내리고
오늘 일을 잠시라도
낮은 곳에 묻어두어야 한다
우리 사랑하는 일 또한 그 같아서
파도치는 날 바람 부는 날은
높은 파도를 타지 않고
낮게낮게 밀물져야 한다
사랑하는 이여
상처받지 않은 사랑이 어디 있으랴
추운 겨울 다 지내고
꽃 필 차례가 바로 그대 앞에 있다

내가 만약

헤르만 헤세

내가 만약

사랑이 어떤 것인지를 알게 된다면

그것은

오직

그대 때문입니다

뺨의 도둑

장석남

나는 그녀의 분홍 뺨에 난 창을 열고 손을 넣어 자물쇠를 풀고 땅거미와 함께 들어가 가슴을 훔치고 심장을 훔치고 허벅지와 도톰한 아랫배를 훔치고 불두덩을 훔치고 간과 허파를 훔쳤다 허나 날이 새는데도 너무 많이 훔치는 바람에 그만 다 지고 나올 수가 없었다 이번엔 그녀가 나의 붉은 뺨을 열고 들어왔다 봄비처럼 그녀의 손이 쓰윽 들어왔다 나는 두 다리가 모두 풀려 연못물이 되어 그녀의 뺨이나 비추며 고요히 고요히 파문을 기다렸다

2장

눈송이처럼
너에게 가고 싶다

당신이 날 사랑해야 한다면

로버트 브라우닝

당신이 날 사랑해야 한다면 오로지
사랑을 위해서만 사랑해 주세요
'난 저 여자를 사랑해
미소 때문에 예쁘기 때문에
부드러운 말씨 때문에
나와 꼭 어울리기 때문에
어느 날 즐거움을 주었기 때문에' 라고
말하지 마세요
그러한 것은 그 자체가 변하거나
당신으로 하여금 변할 테니까요
그처럼 짜여진 사랑은 그처럼 풀려 버릴 거예요
내 뺨의 눈물을 닦아 주는 당신의 사랑 어린 연민으로
날 사랑하진 마세요

당신의 위로를 오래 받았던 사람은 울기를 잊어버려

당신의 사랑을 잃을지도 모르니까요

오로지 사랑을 위해 날 사랑해 주세요

그래서 언제까지나

당신이 사랑할 수 있게

영원한 사랑을 위해

푸르른 날

서정주

눈이 부시게 푸르른 날은
그리운 사람을 그리워하자

저기 저기 저, 가을 꽃자리
초록이 지쳐 단풍 드는데

눈이 나리면 어이 하리야,
봄이 또 오면 어이 하리야

내가 죽고서 네가 산다면!
네가 죽고서 내가 산다면?

눈이 부시게 푸르른 날은
그리운 사람을 그리워하자

내 사랑은

존스베리

시간은 기다리는 사람에게는
너무나 느리게 옵니다
시간은 용기 없는 사람에게는
너무나 빠르게 옵니다
시간은 슬퍼하는 사람에게는
너무나 길게 옵니다
시간은 기뻐하는 사람에게는
너무나 짧게 옵니다
그러나 사랑하는 사람에게는
시간은 영원히 올 것입니다

이런 사랑

버지니아 울프

세상에 둘도 없는 친구나

이 세상 하나뿐인 다정한 엄마도

가끔 멀리하고 싶을 때가 있는데

당신은 아직 한 번도 싫은 적이 없습니다

어떤 옷에도 잘 어울리는 벨트나

예쁜 색깔의 매니큐어까지도

몇 번 쓰고 나면 바꾸고 싶지만

당신에 대한 마음은 아직 한 번도

변한 적이 없습니다

새로 산 드레스도

새로 나온 초콜릿도

며칠만 지나면 곧 싫증나는데

당신은 아직 한 번도

싫증난 적이 없습니다

오래 숙성된 포도주나 그레이프 디저트도

매일 먹으면 물리는데

당신은 매일매일 같이 있고 싶습니다

봄

유안진

저 쉬임 없이 구르는 윤회의 수레바퀴 잠시 멈춘 자리 이승에서, 하 그리도 많은 어여쁨에 흘리어 스스로 발길 내려놓은 여자, 그 무슨 간절한 염원 하나 있어, 내 이제 사람으로 태어났음이랴

머언 산 바윗등에 어리운 보랏빛, 돌각담을 기어오르는 봄햇살, 춘설을 쓰고 선 마른 갈대대궁, 그 깃에 부는 살 떨리는 휘파람, 얼음 낀 무논에 알을 까는 개구리, 실뱀의 하품 소리, 홀로 찾아든 남녘 제비 한 마리, 선머슴의 지게 우에 꽂혀 앉은 진달래꽃······

처음 나는 이 많은 신비에 넋을 잃었으나, 그럼에도 자리잡지 못하는 내 그리움의 방황 아지랭이야, 어쩔 셈이냐, 나는 아직 춥고 을씨년스런 움집에서 다순 손길이 기다려지니, 속눈썹을 적시는 가랑비 주렴 너머, 딱 한번 눈 맞춘 볼이 붉은 소년

내 너랑 첫눈 맞아, 숨바꼭질 노니는 산골짜기에는 뻐꾹뻐벅
국 사랑노래 자지러지고, 잠든 가지마다 깨어나며 빠져드는
어리어리 어지럼증, 산 아래 돌부처도 덩달아 어깨춤 추는,
시방 세상은 첫사랑 앓는 분홍빛 봄

사랑의 노래

릴케

그대 넋에 내 영혼이 스치지 않으려면

내 영혼을 어떻게 지탱해야 할 것인가?

그대를 넘어서 다른 것에 이르려면

내 영혼을 어디로 드높여야 할 것인가?

아아 어둠 속 어느 잃어버린 자리에

내 영혼을 묻어 두고 싶구나

그대 마음속 깊이 흔들려도

더는 흔들리지 않는 낯선 어느 고요한 자리에

하지만 우리, 그대와 나를 스치는 것은

모두가 우리를 한몸으로 묶어 놓는 것

활줄 둘을 그으면 소리 하나 흘러나오듯

어느 악기를 타고 우리는 팽팽히 늘어서 있는 것인가?

어느 바이올리니스트 손에 우리는 묶여 있는 것인가?

오오 달콤한 노래여

너에게

신동엽

나 돌아가는 날
너는 와서 살아라

두고 가지 못할
차마 소중한 사람

나 돌아가는 날
너는 와서 살아라

묵은 순 터
새눈 돋듯

하고많은 자연 중
너는 이 근처와 살아라

내가 부를 노래

타고르

내 진정 부르고자 했던 노래는
아직까지 부르지 못했습니다
악기만 이리저리 켜 보다
세월만 흘러갔습니다
아직 때가 되지 않았고,
말도 다 고르지 못했습니다
준비된 것은 오직 바라는 마음뿐입니다

꽃은 피지 않고,
바람만이 한숨 쉬듯 지나갔습니다
나는 당신의 얼굴을 보지 못했고,
당신의 목소리 또한 들어 보지 못했습니다
내가 아는 것은 오직 내 집 앞을 지나는
당신의 가벼운 발걸음 소리뿐입니다

내 집에 당신의 자리를 마련하는 데
오랜 시간을 보냈습니다
하지만 아직 등불을 켜지 못했으니
당신을 내 집으로 청할 수 없습니다
나는 늘 당신을 만날
희망 속에 살고 있습니다
그러나 나는 아직도 당신을
만나지 못했습니다

사랑의 비밀

블레이크

그대, 사랑을 말하지 말아요
사랑은 말로 할 수 없는 것
어디서 오는지도 모르고
눈에도 안 보이는 바람 같은 것

일찍이 내 사랑을 말했었지요
두려움에 떨면서
내 마음 모두 말했지요
아, 하지만 그녀는 떠나가고 말았어요

그녀가 내 곁을 떠나간 후
한 나그네 다가오더니
어디론가 알 수 없게
한숨지으며 그녀를 데려갔어요

나 당신을 그렇게 사랑합니다

한용운

사랑하는 사람 앞에서는
사랑한다는 말을 안합니다
아니하는 것이 아니라
못하는 것이 사랑의 진실입니다

잊어버려야 하겠다는 말은
잊을 수 없다는 말입니다
정말 잊고 싶을 때는 말이 없습니다

헤어질 때 돌아보지 않는 것은
너무 헤어지기 싫기 때문입니다
그것은 헤어지는 것이 아니라
같이 있다는 말입니다

사랑하는 사람 앞에서 웃는 것은
그만큼 행복하다는 말입니다

떠날 때 울면 잊지 못하는 증거요
뛰다가 가로등에 기대어 울면
오로지 당신만을 사랑한다는 증거입니다

잠시라도 같이 있음을 기뻐하고
애처롭기까지 만한 사랑을 할 수 있음에 감사하고

주기만 하는 사랑이라 지치지 말고
더 많이 줄 수 없음을 아파하고

남과 함께 즐거워한다고 질투하지 않고
그의 기쁨이라 여겨 함께 기뻐할 줄 알고

깨끗한 사랑으로 오래 기억한 수 있는
나 당신을 그렇게 사랑합니다

사랑의 기도

J. 갈로

말없이 사랑하여라
내가 한 것처럼
아무 말 말고
자주 겉으로 드러나지 않게
조용히 사랑하여라
사랑이 깊고 참된 것이 되도록
말없이 사랑하여라

아무도 모르게 숨어서 봉사하고
눈에 드러나지 않게
좋은 일을 하여라
그리고 침묵하는 법을 배워라

말없이 사랑하여라
꾸지람을 듣더라도 변명하지 말고

마음 상하는 이야기에도
말대꾸하지 말고
말없이 사랑하는 법을 배워라

네 마음을
사랑이 다스리는
왕국이 되게 하여라
그 왕국을
타인 향한 마음으로
자상한 마음으로 가득 채우고
말없이 사랑하는 법을 배워라

사람들이 너를 가까이 않고
오히려 멀리 떼어버려
홀로 따돌림을 받을 때

말없이 사랑하여라

도움을 주고 싶어도
받아들이려 하지 않는 사람들을 위해
기도하여라
오해를 받을 때도
말없이 사랑하여라
네 사랑이 무시당한다 하더라도
끝까지 참으면서……

슬플 때
말없이 사랑하는 법을 배워라
주위에 기쁨을 나누어주고
사람들이 행복을 느끼도록 마음을 써라
타인의 말이나 태도로 인해 초조해지거든

말없이 사랑하여라
마음 저 밑바닥에 스며드는 괴로움을
인내하여라

네 침묵 속에
원한이나
은혜롭지 못한 마음, 어떤 비난이
끼어들지 못하도록 하여라
언제나 타인을 존중하고
소중히 여기도록 마음을 써라

노래

이시영

사랑한다는 사랑한다는 그 말 한마디 전해드리기 위해
이 강에 섰건만
바람 이리 불고 강물 저리 붉어
못 건너가겠네 못 가겠네

잊어버리라 잊어버리라던 그 말 한마디 돌려드리기 위해
이 산마루에 섰건만
천둥 이리 우짖고 비바람 속 낭 저리 깊어
못 다가가겠네 못 가겠네

낭이라면 아득한 낭에 핀 한 떨기 꽃처럼,
강이라면 숨 막히는 바위 속, 거센 물살을 거슬러 오르는
은빛 찰나의 물고기처럼

나는 그대를 사랑했다오

푸슈킨

나는 그대를 사랑했다오
그 사랑은 나의 영혼 속에서
여전히 불타고 있으리라

하지만 나의 사랑은
이젠 그대를 괴롭히지 않을 것이오
슬프게 하고 싶지 않다오
희망도 없이 침묵으로
난 그대를 사랑했다오

때로는 두려움으로, 때로는 질투로
가슴 조이며
신이 그대로 하여금 누군가의 사랑을
받게 만든 그대로
나는 진심으로 묵묵히
그대를 사랑했다오

이별가

박목월

뭐락카노, 저 편 강기슭에서
니 뭐락카노, 바람에 불려서

이승 아니믄 저승으로 떠나는 뱃머리에서
나의 목소리도 바람에 날려서

뭐락카노 뭐락카노
썩어서 동아밧줄은 삭아내리는데

하직을 말자 하직 말자
인연은 갈밭을 건너는 바람

뭐락카노, 뭐락카노, 뭐락카노
니 흰 옷자라기만 펄럭거리고……

오냐, 오냐, 오냐
이승 아니믄 저승에서라도……

이승 아니믄 저승에서라도
인연은 갈밭을 건너는 바람

뭐락카노, 저 편 강기슭에서
니 음성은 바람에 불려서

오냐 오냐 오냐
나의 목소리도 바람에 날려서

그대가 있다는 이유만으로도

T. 제프란

그대가 이 세상에 있다는 이유만으로도
내 눈에 비친 세상은
더없이 눈부십니다

그대와 함께
이 세상에서 살아가는 나는
살아 있다는 것만으로도 행복에 겨워
눈물을 흘립니다

세상이 무너져 버린다 해도
그대가 있다는 이유만으로 나는
더없이 행복할 것입니다
그대는 이 세상에 존재하는
또 다른 나의 세상,
그대의 마음속은

내가 다시 태어나고 싶은 세계입니다

그대가 존재한다는 이유는
내가 살아가야 할 이유입니다
그대와 함께 이 세상을 살아간다는 이유는
영원히 내가 그대를 사랑해야 할 이유입니다

사랑과 세월

셰익스피어

나는 진실한 마음의 결합을

조금도 방해하고 싶지 않다

다른 사람을 만나서 변한다거나

반대자에 의해 굽힌다고 하면

그런 사랑은 사랑이라 할 수가 없다

절대로 그럴 수가 없다!

사랑은 폭풍우가 몰아쳐도 결코 흔들리지 않고

영원히 고정된 이정표다

사랑은 이리저리 헤매는 모든 배에게

얼마나 높을지는 알 수 있어도

그 가치는 모르는 빛나는 별이다

장밋빛 입술과 뺨이 세월이 휘어진 낫을

비록 피할 수는 없다고 해도

사랑은 세월의 어리석은 장난감이 아니다

사랑은 한두 달 사이에 변하기는커녕

운명의 마지막 순간까지 참고 견딘다
이것이 착오라고 내 앞에서 증명되었다면
나는 글 한 줄도 쓰지 않았을 테고
아무하고도 사랑 따위는 하지 않았을 것이다

겨울사랑

문정희

눈송이처럼 너에게 가고 싶다
머뭇거리지 말고
서성대지 말고
숨기지 말고
그냥 네 하얀 생애 속에 뛰어들어
따스한 겨울이 되고 싶다
천년 백설이 되고 싶다

아름다운 사랑

단테

성자의 추도식 날에 아름다운 아가씨들이
바로 내 곁을 스쳐 지나갔습니다
맨 처음 아가씨가 내 옆을 지나갈 때
사랑은 우리를 마주보게 하였답니다
타오르는 불꽃의 정령인 양
내 마음엔 뜨거운 불길이 타올라
천사의 모습을 바라보는 듯했습니다
그 해맑고 순한 아가씨의 눈에서
넘쳐흐르는 아름다운 사랑의 밀어를
보고 깨닫는 사람의 마음속엔
무한대의 행복이 넘치게 마련입니다
우리에게 행복을 주기 위해
아아, 아름다운 아가씨는 천국에서 살다가
이 지상에 온 것이라 생각될 만큼
나는 그녀를 보기만 해도 행복하였습니다

사랑이란

오쇼 라즈니쉬

사랑이란 보이지 않는 것을 보게 하고
들리지 않는 것을 들리게 합니다

사랑이란 갈 수 없는 곳을 가게 하며
할 수 없는 일을 하게 합니다

사랑이란 살아 있는 나를 보지 못하고
이미 죽어 버린 그를 동경하게 합니다

사랑이란 고통의 무게를 덜어 가는 것이며
끝이 보이지 않는 벌판에서 찾아 헤매게 되는 것입니다

사랑이란
나를 부르는 다른 이의 목소리를 듣게 하고
나를 부르는 내 목소리는 듣지 못하게 합니다

사랑 사랑 내 사랑

오탁번

논배미마다 익어가는 벼이삭이
암놈 등에 업힌
숫메뚜기의
겹눈 속에 아롱진다

배추밭 찾아가던 배추흰나비가
박넝쿨에 살포시 앉아
저녁답에 피어날
박꽃을 흉내낸다

눈썰미 좋은 사랑이여
나도
메뚜기가 되어
그대 등에 업히고 싶다

사랑의 노래

S. P. 슈츠

나의 몸은
사랑의 저녁노을 속에 타오르는
불덩이입니다
천둥 번개,
그리고 지진이라도
당신에 대한 나의
열정보다는 뜨겁지 못합니다

나의 심장은
우리의 사랑을 향한
불덩이입니다
푸른 하늘과 무지개,
그리고 꽃들도
당신에 대한 나의
사랑만큼
아름답지 못합니다

사랑

드라이든

아, 사랑은 얼마나 달콤한가
아 젊은 욕망은 얼마나 즐거운가
처음 사랑의 불꽃에 다가서면
즐거운 아픔을 느낀다
사랑의 아픔은 다른 모든
기쁨보다 훨씬 달콤하구나

연인들의 한숨은
고요히 가슴을 부풀게 하고
홀로 흘리는 눈물도
흘러내리는 향기로운 기름처럼
그 아픔을 치유하게 하는구나
숨결 잃은 연인들도
아무 괴로움 못 느끼며
피 흘려 죽어가는구나

사랑과 시간을 아껴야 한다
떠나는 벗처럼 아쉬워하라
청춘에 주어지는 황금빛깔
그 선물을 마다하지 말지어다

해가 갈수록 그 값어치는 더해 가고
예전만큼 단순하지 않으니

봄날 밀물처럼 가없이 높은 사랑은
젊은 핏줄마다 힘차게 솟아난다
그러나 썰물이 오면 사라지고
어느새 그 선물은 바닥이 난다
늙어서 아무리 홍수가 되어도
그것은 단지 빗물에 불과해
깨끗하게 흐르지 못하니

초혼 招魂

김소월

산산이 부서진 이름이여!
허공중에 헤어진 이름이여!
불러도 주인 없는 이름이여!
부르다가 내가 죽을 이름이여!

심중心中에 남아 있는 말 한 마디는
끝끝내 마저 하지 못하였구나
사랑하던 그 사람이여!
사랑하던 그 사람이여!

붉은 해는 서산마루에 걸리었다
사슴의 무리도 슬피 운다
떨어져 나가 앉은 산 위에서
나는 그대의 이름을 부르노라

설움에 겹도록 부르노라
설움에 겹도록 부르노라
부르는 소리는 비껴가지만
하늘과 땅 사이가 너무 넓구나

선 채로 이 자리에 돌이 되어도
부르다가 내가 죽을 이름이여!
사랑하던 그 사람이여!
사랑하던 그 사람이여!

진정으로 사랑한다는 것은

실러

진정
사랑한다는 것은
이별을
눈물로써 대신하는 것이
절대로 아닙니다
곁에 있던 사람이
먼 길을 떠나는 순간,
사랑의 가능성이
모두 사라져 간다 할지라도
그대 가슴속에 남겨진 그 사랑을 간직하면서
사랑하는 마음을 버리지 않는 것이
진정으로
사랑한다는 것입니다

사랑하는 사람 가까이

괴테

희미한 햇빛 바다에서 비쳐올 때
나 그대 생각하노라
달빛 휘영청 샘물에 번질 때
나 그대 생각하노라

저 멀리 길에서 뽀얀 먼지일 때
나 그대 모습 보노라
어두운 밤 오솔길에 나그네 몸 떨 때
나 그대 모습 보노라

물결 높아 파도 소리 아득할 때
나 그대 소리 듣노라
고요한 숲 속 침묵의 경계를 거닐며
나 귀를 기울이노라

나 그대 곁에 있노라, 멀리 떨어졌어도
그대 내 가까이 있으니
해 저물면 별아, 나를 위해 곧 반짝여라
오오 그대 여기 있다면

3장

미칠 듯 그리워질
때가 있다

가을에는

최영미

내가 그를 사랑한 것도 아닌데
미칠 듯 그리워질 때가 있다
바람의 손으로 가지런히 풀어놓은, 뭉게구름도 아니다
양떼구름도 새털구름도 아니다
아무 모양도 만들지 못하고 이리저리 찢어지는 구름을 보노
라면
내가 그를 그리워한 것도 아닌데
그가 내 속에 들어온다
뭉게뭉게 피어나 양떼처럼 모여
새털처럼 가지런히 접히진 않더라도
유리창에 우연히 편집된 가을 하늘처럼
한 남자의 전부가 가슴에 뭉클 박힐 때가 있다
무작정 눈물이 날 때가 있다
가을에는, 오늘처럼 곱고 투명한 가을에는
이 세상에서 가장 슬픈 표정으로 문턱을 넘어와

엉금엉금, 그가 내 곁에 앉는다
그럴 때면 그만 허락하고 싶다
사랑이 아니라도 그 곁에 키를 낮춰 눕고 싶다

당신을 사랑해요

베티

당신을 사랑해요
나날의 삶을 아름답게 해주시고
삶의 고된 일을 보람되게 해주시므로
하루하루가 아무리 고달파도
당신을 떠올리면 미소 짓게 해주시므로

당신을 사랑해요
삶의 순간순간을 함께 나누고
당신 곁에서 이야기하고 웃으며
꿈꾸게 해주시므로

당신을 사랑해요
내 속마음을 말하게 해주시고
내가 말한 뒤의 나의 느낌을
깊이깊이 생각해 주시므로

내 자신을 돌이키게 해주시고
내가 정말 어떤 사람인지를
깨닫도록 도와주시므로
내가 항상 영원하고 참된 이상을 좇도록
힘을 주시므로

당신을 사랑해요
사랑의 소망으로 나를 채워주시고
누구도 줄 수 없는 사랑보다 더 큰 사랑을
내게 주시므로 신께서 정하신 길을 따라
당신의 사랑에 보답할 때 한 인간으로서
내가 지닌 능력들을 모두 일깨워 주시므로

당신을 사랑해요
당신이 내게 필요할 때 가까이 와 주시고

혼자 있어야 할 때 물러나시고
내 나날의 빛과 그림자를 함께 나누시므로
내가 지쳤을 때 위안을 주시고
세상이 너무 힘겨워 보일 때
힘을 주시므로

당신을 사랑해요
이 모든 것을 다 주시고도
평생을 함께하겠다고 약속해 주시므로
당신이 계신 까닭에
나는 당신을 사랑한다는 말의
참뜻을 배웠으므로

그대 창가에

경요

그대와 함께 있고 싶어
그대 창가에 그림자를 드리웁니다
설레는 이내 가슴 잠재우기 위하여
그대 창가에 그림자를 드리웁니다

그대 곁의 진실과 진실을 벗하여
영혼으로 남고 싶어서
그대 창가에 그림자를 드리웁니다

그대를 사랑하기에
그대 곁에서 영원히 떠나고 싶지 않습니다
시간의 진실이 영원히 내 곁에서
그대 곁에서 함께하기를……

별, 아직 끝나지 않은 기쁨

마종기

오랫동안 별을 싫어했다 내가 멀리 떨어져 살고 있기 때문인
지 너무나 멀리 있는 현실의 바깥에서, 보였다 안보였다 하는
안쓰러움이 싫었다 외로워 보이는 게 싫었다 그러나 지난여
름 북부 산맥의 높은 한밤에 만난 별들은 밝고 크고 수려했다
손이 담길 것같이 가까운 은하수 속에서 편안히 누워 잠자고
있는 맑은 별들의 숨소리도 정다웠다

사람만이 얼굴을 들어 하늘의 별을 볼 수 있었던 옛날에는 아
무데서나 별과 이야기를 나눌 수 있었다 그러나 시간이 빨리
지나가는 요즈음, 사람들은 더 이상 별을 믿지 않고 희망에
서도 등을 돌리고 산다 그 여름 얼마 동안 밤새껏, 착하고 신
기한 별밭을 보다가 나는 문득 돌아가신 내 아버지와 죽은 동
생의 얼굴을 보고 반가운 이야기를 나누기도 했다

사랑하는 이여

세상의 모든 모순 위에서 당신을 부른다

괴로워하지도 슬퍼하지도 말아라

순간적이 아닌 인생이 어디에 있겠는가

내게도 지난 몇 해는 어렵게 왔다

그 어려움과 지친 몸에 의지하여 당신을 보니

별이여, 아직 끝나지 않은 애통한 미련이여,

도달하기 어려운 곳에 사는 기쁨을 만나라

당신의 반응은 하느님의 선물이다

문을 닫고 불을 끄고

나도 당신의 별을 만진다

사랑은 조용히 오는 것

밴더빌트

사랑은 조용히 오는 것
외로운 여름과
거짓 꽃이 시들고도
기나긴 세월이 흐를 때

사랑은 천천히 오는 것
얼어붙은 물속으로 파고드는
밤하늘의 총총한 별처럼
지그시 송이송이 내려앉는 눈과도 같이
조용히 천천히 땅속에 뿌리박은 밀

사랑의 열은
더디고 조용한 것
내려왔다가 치솟는 눈처럼
사랑은 살며시 뿌리로 스며드는 것

조용히 씨앗은 싹을 틔운다
달이 켜지듯 천천히

가끔은 비 오는 간이역에서
은사시나무가 되고 싶었다

이정하

햇볕은 싫습니다

그대가 오는 길목을 오래 바라볼 수 없으므로

비에 젖으며 난 가끔은

비 오는 간이역에서 은사시나무가 되고 싶었습니다

비에 젖을수록 오히려 생기 넘치는 은사시나무,

그 은사시나무의 푸르름으로 그대의 가슴에

한 점 나뭇잎으로 찍혀 있고 싶었습니다

어서 오세요, 그대

비 오는 날이라도 상관없어요

아무런 연락 없이 갑자기 오실 땐

햇볕 좋은 날보다 비 오는 날이 제격이지요

그대의 젖은 어깨, 그대의 지친 마음을

기대게 해주는 은사시나무 비 오는 간이역,

그리고 젖은 기적소리

스쳐 지나가는 급행열차는 싫습니다

누가 누군지 분간할 수 없을 정도로 빨리 지나가버려

차창 너머 그대와 닮은 사람 하나 찾을 수 없는 까닭입니다

비에 젖으며 난 가끔은 비 오는 간이역에서

그대처럼 더디게 오는 완행열차,

그 열차를 기다리는 은사시나무가 되고 싶었습니다

살다가 보면

이근배

살다가 보면
넘어지지 않을 곳에서
넘어질 때가 있다

사랑을 말하지 않을 곳에서
사랑을 말할 때가 있다

눈물을 보이지 않을 곳에서
눈물을 보일 때가 있다

살다가 보면
사랑하는 사람을
사랑하지 않기 위해서
떠나보낼 때가 있다

떠나보내지 않을 것을
떠나보내고
어둠 속에 갇혀
짐승스런 시간을
살 때가 있다

살다가 보면

그대를 사랑하는 것은

스티븐 태프

그대를 사랑하는 것은
저녁놀을 사랑하고
무지개를 사랑하고
사월의 소나기를 사랑하는 것과 같이
아주 자연스러운 것이리
그 모두는 그냥 아름다운 것인 까닭에

사랑의 꿈

정현종

사랑은 항상 늦게 온다 사랑은 생生 뒤에 온다

그대는 살아 보았는가 그대의 사랑은 사랑을 그리워하는 사랑일 뿐이다 만일 타인의 기쁨이 자기의 기쁨 뒤에 온다면 그리고 타인의 슬픔이 자기의 슬픔 뒤에 온다면 사랑은 항상 생生 뒤에 온다

그렇다면?

그렇다면 생은 항상 사랑 뒤에 온다

낙화

가야 할 때가 언제인가를
분명히 알고 가는 이의
뒷모습은 얼마나 아름다운가

봄 한철
격정을 인내한
나의 사랑은 지고 있다

분분한 낙화……
결별이 이룩하는 축복에 싸여
지금은 가야 할 때

무성한 녹음과 그리고
머지않아 열매 맺는
가을을 향하여

나의 청춘은 꽃답게 죽는다

헤어지자
섬세한 손길을 흔들며
하롱하롱 꽃잎이 지는 어느 날

나의 사랑, 나의 결별
샘터에 물 고이듯 성숙하는
내 영혼의 슬픈 눈

성냥개비 사랑

프레베르

고요한 어둠이 깔리는 시간
성냥개비 세 알에
하나씩 하나씩
불을 붙여본다

하나는
당신의 얼굴을 비추기 위해
또 하나는
당신의 눈을 보기 위해
마지막 하나는
당신의 입술을

그 후에
어둠 속에서
당신을 포옹하며
그 모든 것들을 생각한다

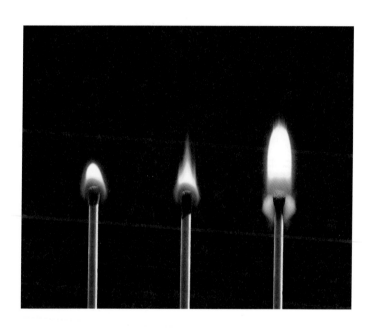

가난한 사랑노래 _이웃의 한 젊은이를 위하여

신경림

가난하다고 해서 외로움을 모르겠는가

너와 헤어져 돌아오는

눈 쌓인 골목길에 새파랗게 달빛이 쏟아지는데

가난하다고 해서 두려움이 없겠는가

두 점을 치는 소리

방범대원의 호각소리 메밀묵 사려 소리에

눈을 뜨면 멀리 육중한 기계 굴러가는 소리

가난하다고 해서 그리움을 버렸겠는가

어머님 보고 싶소 수없이 뇌어보지만

집 뒤 감나무에 까치밥으로 하나 남았을

새빨간 감 바람소리도 그려보지만

가난하다고 해서 사랑을 모르겠는가

내 볼에 와 닿던 네 입술의 뜨거움

사랑한다고 사랑한다고 속삭이던 네 숨결

돌아서는 내 등뒤에 터지던 네 울음

가난하다고 해서 왜 모르겠는가
가난하기 때문에 이것들을
이 모든 것들을 버려야 한다는 것을

작은 연가

박정만

사랑이여, 보아라

꽃초롱 하나가 불을 밝힌다

꽃초롱 하나가 천리 밖까지

너와 나의 사랑을 모두 밝히고

해질녘엔 저무는 강가에 와 닿는다

저녁 어스름 내리는 서쪽으로

유수流水와 같이 흘러가는 별이 보인다

우리도 별을 하나 얻어서

꽃초롱 불 밝히듯 눈을 밝힐까

눈 밝히고 가다가다 밤이 와

우리가 마지막 어둠이 되면

바람도 풀도 땅에 눕고

사랑아, 그러면 저 초롱을 누가 끄리

저녁 어스름 내리는 서쪽으로

우리가 하나의 어둠이 되어

또는 물 위에 뜬 별이 되어
꽃초롱 앞세우고 가야 한다면
꽃초롱 하나로 천리 밖까지
눈 밝히고 눈 밝히고 가야 한다면

누군가를 사랑한다는 것은

W. 카터

누군가를

사랑한다는 것은

그 사람을 향한 사랑의 불꽃이

끝없이 타오르는 것

누군가를

사랑한다는 것은

마음속에 거대한 불꽃을 키워내는 것

그렇게 철저히 고독과 싸워

재가 될 때까지

자기 자신을 태우는 것

누군가를

사랑한다는 것은

자신을 태움으로써

사랑의 불꽃을 만들어내는 것

스스로 타다가 재가 되어
결국엔 그대의 마음속에서
새로운 사랑이 탄생하도록 하는 것

접시꽃 당신

도종환

옥수수잎에 빗방울이 나립니다

오늘도 또 하루를 살았습니다

낙엽이 지고 찬바람이 부는 때까지

우리에게 남아 있는 날들은

참으로 짧습니다

아침이면 머리맡에 흔적 없이 빠진 머리칼이 쌓이듯

생명은 당신의 몸을 우수수 빠져나갑니다

씨앗들도 열매로 크기엔

아직 많은 날을 기다려야 하고

당신과 내가 갈아엎어야 할

저 많은 묵정밭은 그대로 남았는데

논두렁을 덮는 망촛대와 잡풀가에

넋을 놓고 한참을 앉았다 일어섭니다

마음 놓고 큰 약 한번 써보기를 주저하며

남루한 살림의 한구석을 같이 꾸려오는 동안

당신은 벌레 한 마리 함부로 죽일 줄 모르고

악한 얼굴 한번 짓지 않으며 살려 했습니다

그러나 당신과 내가 함께 받아들여야 할

남은 하루하루의 하늘은

끝없이 밀려오는 가득한 먹장구름입니다

처음엔 접시꽃 같은 당신을 생각하며

무너지는 담벼락을 껴안은 듯

주체할 수 없는 신열로 떨려왔습니다

그러나 이것이 우리에게 최선의 삶을

살아온 날처럼, 부끄럼 없이 살아가야 한다는

마지막 말씀으로 받아들여야 함을 압니다

우리가 버리지 못했던

보잘것없는 눈높음과 영욕까지도

이제는 스스럼없이 버리고

내 마음의 모두를 더욱 아리고 슬픈 사람에게

줄 수 있는 날들이 짧아진 것을 아파해야 합니다
남은 날은 참으로 짧지만
남겨진 하루하루를 마지막 날인 듯 살 수 있는 길은
우리가 곪고 썩은 상처의 가운데에
있는 힘을 다해 맞서는 길입니다
보다 큰 아픔을 껴안고 죽어가는 사람들이
우리 주위엔 언제나 많은데
나 하나 육신의 절망과 질병으로 쓰러져야 하는 것이
가슴 아픈 일임을 생각해야 합니다
콩댐한 장판같이 바래어가는 노랑꽃 핀 얼굴 보며
이것이 차마 입에 떠올릴 수 있는 말은 아니지만
마지막 성한 몸뚱어리 어느 곳 있다면
그것조차 끼워 넣어야 살아갈 수 있는 사람에게
뿌듯이 주고 갑시다
기꺼이 살의 어느 부분도 떼어주고 가는 삶을

나도 살다가 가고 싶습니다

옥수수잎을 때리는 빗소리가 굵어집니다

이제 또 한 번의 저무는 밤을 어둠 속에서 지우지만

이 어둠이 다하고 새로운 새벽이 오는 순간까지

나는 당신의 손을 잡고 당신 곁에 영원히 있습니다

한 그리움이 다른 그리움에게

정희성

어느 날 당신과 내가

날과 씨로 만나서

하나의 꿈을 엮을 수만 있다면

우리들의 꿈이 만나

한 폭의 비단이 된다면

나는 기다리리, 추운 길목에서

오랜 침묵과 외로움 끝에

한 슬픔이 다른 슬픔에게 손을 주고

한 그리움이 다른 그리움의

그윽한 눈을 들여다볼 때

어느 겨울인들

우리들의 사랑을 춥게 하리

외롭고 긴 기다림 끝에

어느 날 당신과 내가 만나

하나의 꿈을 엮을 수만 있다면

그대가 나의 사랑이 되어 준다면

A. 도데

그대가 나의 사랑이 되어 준다면

내 인생을 모두 걸고서라도

그대와 함께 이 길을 가겠습니다

외롭고 힘겨운 이 길,

그러나 그대가 내 곁에 있기에

언제나 행복한 길,

그대의 사람이 되어 영원히 저 무덤 속까지

참 좋은 당신

김용택

어느 봄날
당신의 사랑으로
응달지던 내 뒤란에
햇빛이 들이치는 기쁨을
나는 보았습니다
어둠 속에서 사랑의 불가로
나를 가만히 불러내신 당신은
어둠을 건너온 자만이
만들 수 있는
밝고 환한 빛으로
내 앞에 서서
들꽃처럼 깨끗하게
웃었지요
아
생각만 해도

참
좋은
당신

그립다는 말의 긴 팔

문인수

그대는 지금 그 나라의 강변을 걷는다 하네
작은 어깨가 나비처럼 반짝이겠네
뒷모습으로도 내게로 오는 듯 눈에 밟혀서
마음은 또 먼 통화 중에 긴 팔을 내미네
그러나 다만 바람 아래 바람 아래 물결
그립다는 말은 만 리 밖 그 강물에 끝없네

그대를 사랑합니다

L. 에드워드

그대를 사랑합니다
그대는 나의 마음과 육신에
영혼에 가장 가까이 다가왔던
단 하나뿐인 사람이기에

그대를 사랑합니다
그대는 나에게 무엇보다도 먼저
나 자신을 믿는 힘을 주시어
내 스스로 내 인생을 헤쳐 나갈 수 있도록
가르쳐 주셨으므로

그대를 사랑합니다
그대는 내게 행복이란
만족하는 것뿐만이 아니라
가슴속에 담긴 소망을 이루기 위해

그 소망의 한 조각이 이루어질 때까지
노력하는 것임을 일러주시어
나의 삶을 다채롭고 더 재미있고
한결 활기차게 해주셨으므로

그대를 사랑합니다
그대는 내가 어떤 일을 하거나
끊임없는 행운의 흐름을 타게 해주어
내게 평생의 기회를 주셨던
내 일생의 유일한 사람이었으므로

네가 그리우면 나는 울었다

고정희

길을 가다가 불현듯
가슴에 잉잉하게 차오르는 사람
네가 그리우면 나는 울었다

목을 길게 뽑고
두 눈을 깊게 뜨고
저 가슴 밑바닥에 고여 있는 저음으로
첼로를 켜며
비장한 밤의 첼로를 켜며
두 팔 가득 넘치는 외로움 너머로
네가 그리우면 나는 울었다

너를 향한 기다림이 불이 되는 날
나는 다시 바람으로 떠올라
그 불 다 사그라질 때까지

어두운 들과 산굽이 떠돌며
스스로 잠드는 법을 배우고
스스로 일어서는 법을 배우고
스스로 떠오르는 법을 익혔다

네가 태양으로부터 떠오르는 아침이면
나는 원목으로 언덕 위에 쓰러져
따스한 햇빛을 덮고 누웠고
달력 속에서 뚝, 뚝,
꽃잎 떨어지는 날이면
바람은 너의 숨결을 몰고 와
측백의 어린 가지를 키웠다

그만큼 어디선가 희망이 자라오르고
무심히 저무는 시간 속에서

누군가 내 이름을 호명하는 밤,
나는 너에게로 가까이 가기 위하여
빗장 밖으로 사다리를 내렸다

수없는 나날이 셔터 속으로 사라졌다
내가 꿈의 현상소에 당도했을 때
오오 그러나 너는
그 어느 곳에서도 부재중이었다

달빛 아래서나 가로수 밑에서
불쑥불쑥 다가왔다가
이내 바람으로 흩어지는 너,
네가 그리우면 나는 울었다

당신을 어떻게 사랑하느냐고요

엘리자베스 브라우닝

당신을 어떻게 사랑하느냐고요

헤아려 보겠습니다

비록 그 빛 안 보여도 존재의 끝과

영원한 영광에 내 영혼 이를 수 있는

그 도달할 수 있는 곳까지 사랑합니다

태양 밑에서나 또는 촛불 아래서나

나날의 얇은 경계까지도 사랑합니다

권리를 주장하듯 자유롭게 당신을 사랑합니다

칭찬에서 돌아서듯 순수하게 당신을 사랑합니다

옛 슬픔에 쏟았던 정열로 사랑하고

내 어릴 적 믿음으로 사랑합니다

세상 떠난 성인들과 더불어 사랑하고

잃은 줄만 여겼던 사랑으로 당신을 사랑합니다

나의 한평생 숨결과 미소와 눈물로 당신을 사랑합니다

주의 부름 받더라도 죽어서 더욱 사랑하리다

사랑하기 때문에

P. M. 윌리엄스

그대가 나에게 주는
사랑으로 인하여
나는 그대를 사랑합니다

내가 그대에게 주는
사랑으로 인하여
그대가 나를 사랑합니다

누가 먼저 주었고, 누가 먼저 받았는지
나는 알지 못합니다
이 모든 것이 어디에서 시작되었는지를

하지만 사랑이 시작되었기에
나는 행복합니다

사랑이 존재함으로 해서
나는 행복합니다
지금 이대로 영원토록

수많은 말로 표현해도
단 한마디로 표현해도
사랑하고 있음으로 해서
나는 행복할 따름입니다

사랑하는 별 하나

이성선

나도 별과 같은 사람이
될 수 있을까
외로워 쳐다보면
눈 마주쳐 마음 비쳐 주는
그런 사람이 될 수 있을까

나도 꽃이 될 수 있을까
세상일이 괴로워 쓸쓸히 밖으로 나서는 날에
가슴에 화안히 안기어
눈물짓듯 웃어 주는
하얀 들꽃이 될 수 있을까

가슴에 사랑하는 별 하나를 갖고 싶다
외로울 때 부르면 다가오는
별 하나를 갖고 싶다

마음 어두운 밤 깊을수록

우러러 쳐다보면

반짝이는 그 맑은 눈빛으로 나를 씻어

길을 비추어 주는

그런 사람 하나 갖고 싶다

내 사랑을 바칩니다

리처드 W. 웨버

내 사랑을 바칩니다
그대가 내 인생에 가져다준
그 조화로움에
내 사랑을 바칩니다

내가 필요로 하는 것을 이해해주고
그대가 내게 가져다준 수많은 미소에
내 사랑을 바칩니다

내 마음에 가져다준 기쁨
나를 부드럽게 감싸 안는 그대 포옹에
내 사랑을 바칩니다

그대가 내게 가져다준
그 편안함과

우리가 함께한
그 숱한 소중한 시간들에
내 사랑을 바칩니다

내게 친구가 되어준 것에
또 우리의 사랑에 대한
그 아기자기한 그대의 속삭임에
내 사랑을 바칩니다

내가 그대 인생의 일부가 되도록
허락해 준 그대에게
내 사랑을 바칩니다

4장

그대는 내 마음에
시를 심고...

발자국

정호승

눈길에 난 발자국만 보아도
서로 사랑한다는 것을 알 수 있다

눈길에 난 발자국만 보아도
서로 사랑하는 사람의 발자국이라는 것을 알 수 있다

남은 발자국들끼리
서로 팔짱을 끼고 걸어가는 것을 보면

남은 발자국들끼리
서로 뜨겁게 한 몸을 이루다가
녹아버리는 것을 보면

눈길에 난 발자국만 보아도
서로 사랑하고 있다는 것을 알 수 있다

다시 태어나도 그대를 사랑하겠습니다

J. 포스터

다시 태어나도
그대를 사랑하고 싶은 것은
한 번이라도 나를 위해 울어 준 사람이
바로 그대였기 때문입니다
그대는 한 번도
그대 자신을 위해 울어 본 적이 없는
그렇게도 강인한 사람이었지만
이렇게 연약한 나를 위하여
눈물을 보여 주었습니다

다시 태어나도
그대를 사랑하고 싶은 것은
이제 내가 그대를 위해
울어 줄 차례이기 때문입니다

참사랑

톨스토이

모든 사람을 한결같이 사랑할 수는 없다
보다 큰 행복은 단 한 사람이라도
지극히 사랑하는 것이다
그러나 그것도
그저 상대방을 사랑하는 것이어야 한다
대개의 경우와 같이
자신의 향락을
사랑하는 것이어서는 안 된다

나는 사랑하는 사람의 행복을 위해서
그와의 관계를 끊을 만한 각오가 되어 있는가?
하고 자문해 보라
만약 그럴 수 없다면 당신은
사랑이라는 가면을 쓰고 있을 뿐이다

도화 아래 잠들다

김선우

동쪽 바다 가는 길 도화 만발했길래 과수원에 들어 색色을 탐했네

온 마음 모아 색을 쓰는 도화 어여쁘니 요절을 꿈꾸던 내 청춘이 갔음을 아네

가담하지 않아도 무거워지는 죄가 있다는 것은 얼마나 온당한가

이 봄에도 이 별엔 분분한 포화, 바람에 실려 송화처럼 진창을 떠다니고

나는 바다로 가는 길을 물으며 길을 잃고 싶었으나

절정을 향한 꽃들의 노동, 이토록 무용한 꽃의 투쟁이

안으로 닫아건 내 상처를 짓무르게 하였네 전 생애를 걸고 끝끝내

아름다움을 욕망한 늙은 복숭아나무 기어이 피워낸 몇 날 도화 아래

묘혈을 파고 눕네 사모하던 이의 말씀을 단 한 번 대면하기

위해

일생토록 나무 없는 사막에 물 뿌린 이도 있었으니

내 온몸의 구덩이로 떨어지는 꽃잎 받으며

그대여 내 상처는 아무래도 덧나야겠네 덧나서 물큰하게 흐
르는 향기,

아직 그리워할 것이 남아 있음을 증거해야겠네 가담하지 않
아도 무거워지는

죄를 무릅써야겠네 아주 오래도록 그대와, 살고 싶은 뜻밖의
봄날

흡혈하듯 그대의 색을 탐해야겠네

우리 사랑에는 끝이 없습니다

로런드 R. 호스킨스 주니어

지금까지 나는 그대를 너무도 사랑했습니다
그래도 내일 아침이 밝으면
그대 향한 내 사랑은 계속 자랄 것입니다
더욱 찬란하게, 더욱 강하게, 더욱 깊게,
그리고 전보다 더욱 온화하면서도 아름답게
여전히 새날은 올 것이며 같은 기적은 계속 일어날 것입니다
우리 사랑에는 끝이 없음을 믿고 있답니다

사랑하는 사람이여

롱펠로

사랑하는 사람이여, 편히 쉬세요
그대를 지키러 나 여기에 왔습니다
그대 곁이라면
그대 곁이라면
혼자 있어도 나는 기쁩니다

그대 눈동자는 아침의 샛별
그대 입술은 한 송이 빨간 꽃
사랑하는 사람이여, 편히 쉬세요
내가 싫어하는 시계가
시간을 헤아리고 있는 동안에

고백성사

김종철

못을 뽑습니다
휘어진 못을 뽑는 것은
여간 어렵지 않습니다
못이 뽑혀져 나온 자리는
여간 흉하지 않습니다
오늘도 성당에서
아내와 함께 고백성사를 하였습니다
못자국이 유난히 많은 남편의 가슴을
아내는 못 본 체하였습니다
나는 더욱 부끄러웠습니다
아직도 뽑아 내지 않은 못 하나가
정말 어쩔 수 없이 숨겨 둔 못대가리 하나가
쏘옥 고개를 내밀었기 때문입니다

내 인생에서 그대는

나폴레옹

당신과 멀리 떨어져 있을 때
내겐 그 어떤 즐거움도 의미도 없습니다
당신과 멀리 헤어져 있을 때
이 세상은
마음을 열고 상냥함을 내보일 수도 없이
나 홀로 외롭게 살고 있는 듯합니다
당신은 나의 영혼 이상의 것을 가져갔습니다
내 인생에서 그대는 하나의 사상입니다

우리는

P. 엘뤼아르

우리 둘이는 서로 손을 맞잡고
어디서나 마음속 깊이 서로를 믿습니다
아늑한 나무 아래 어두운 하늘 아래
모든 지붕 아래 난롯가에서
태양이 내리쬐는 빈 거리에서
민중의 망막한 눈동자 속에서
현명한 사람이나 어리석은 사람 곁에서라도
어린아이들이나 어른들 틈에서라도
사랑은 아무것도 감추지 않고
우리들은 그것의 확실한 증거입니다
사랑하는 사람들은
마음속 깊이 서로를 믿습니다

사모

조지훈

사랑을 다해 사랑하였노라고
정작 할 말이 남아 있음을 알았을 때
당신은 이미 남의 사랑이 되어 있었다
불러야 할 뜨거운 노래를 가슴으로 죽이며
당신은 멀리로 잃어지고 있었다
하마 곱스런 눈웃음이 사라지기 전
두고두고 아름다운 여인으로만 잊어달라지만
남자에게 있어 여자란 기쁨 아니면 슬픔
다섯 손가락 끝을 잘라 핏물 오선 그어
혼자라도 외롭지 않은 밤에 울어 보리라
울다가 지쳐 멍든 눈흘김으로
미워서 미워지도록 사랑하리라
한 잔은 떠나버린 너를 위하여
또 한 잔은 이미 초라해진 나를 위하여
그리고 한 잔은 너와의 영원한 사랑을 위하여

마지막 한 잔은 미리 알고 정하신

하나님을 위하여

사랑은 그대와 함께하는 여행입니다

W. 코웰

그대와 함께 여행을 떠나고 싶습니다
초록 짙은 숲속 외길을 따라 걸으며
혼자되지 않은 나와
곁에 있는 그대만을 느껴보고 싶습니다

굽이도는 강가나 계곡에서 쉬어가며
드넓은 마음 풀어헤칠 바다로 가서
손짓하는 뭉게구름에 인사도 하고
온갖 꽃들로 마음에 비단을 놓아
그 위에서 뛰어놀며 추억을 만들고 싶습니다

그대와의 사랑은
반드시 한 번은 가야 하는 여행과도 같은 것
그대는 내 마음에 시를 심고
나는 그대를 꽃피우는 시인이 됩니다

내가 지금 당신을 사랑하는 것은

로리 크로프트

내가 당신을 사랑하는 것은
지금 당신이 당신이기 때문에도 그렇지만
당신 곁에서 내가
또 다른 나로 변하기 때문입니다

내가 당신을 사랑하는 것은
내 삶의 목재로,
헛간이 아니라 신전을 짓도록
내가 날마다 하는 일을 꾸중함이 아니라
노래가 되도록 도와주기 때문입니다

내가 당신을 사랑하는 것은
어떠한 신앙보다도 바로 당신이
나를 더욱 선하게 만들었고
어떠한 운명보다도 바로 당신이

더욱 나를 행복하게 만들었기 때문입니다

손도 대지 않고 말 한마디 없이
기적도 없이 당신은 모두 해냈습니다
당신이 자기 자신에게 충실했기 때문에
이 모든 것을 이루어낸 것입니다
어쩌면 그런 것이
참된 친구인지도 모르겠습니다

사랑법

강은교

떠나고 싶은 자
떠나게 하고
잠들고 싶은 자
잠들게 하고
그러고도 남는 시간은
침묵할 것

또는 꽃에 대하여
또는 하늘에 대하여
또는 무덤에 대하여

서둘지 말 것
침묵할 것

그대 살 속의

오래전에 굳은 날개와
흐르지 않는 강물과
누워 있는 누워 있는 구름
결코 잠깨지 않는 별을

쉽게 꿈꾸지 말고
쉽게 흐르지 말고
쉽게 꽃피지 말고
그러므로

실눈으로 볼 것
떠나고 싶은 자
홀로 떠나는 모습을
잠들고 싶은 자
홀로 잠드는 모습을

가장 큰 하늘은 언제나
그대 등 뒤에 있다

그대 향한 내 마음은 사랑입니다

M. 크라우디우스

사랑을
막을 수 있는 것은
아무것도 없습니다
사랑은
시작도 없고
끝도 없기 때문입니다

사랑은
그 어떤 것이라도 상관하지 않고
그 어느 곳이라도 상관하지 않고
오직 그대를 향해서만 나아갑니다

사랑은
오래전부터 끊임없이
자신의 날개를 펼치며

날아가고 있는 것입니다

그대를 향해
나아가는 나의 마음을
사랑이라 부릅니다

사랑의 기교 2 _라포로그에게

오규원

사랑이 기교라는 사실을 깨닫기까지 나는
사랑이란 이 멍청한 명사에
기를 썼다 그리고
이 동어 반복이 이 시대의 후렴이라는 사실을
알았을 때까지도 나는
이 멍청한 후렴에 매달렸다
나뭇잎 나무에 매달리듯 당나귀
고삐에 매달리듯
매달린 건 나지만, 결과는
비참했다 사랑도 꿈도,
그러나 즐거워하라
이 동어 반복이 이 시대의 유행가라는
사실은 이 시대의
기교가 하느님임을 말하고, 이 시대의
아들딸이 아직도 인간임을 말한다

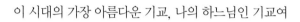

이 시대의 가장 아름다운 기교, 나의 하느님인 기교여

내 마음속의 그대

다나 M. 블리스턴

나는 매일 그대가 그립습니다

그대를 사랑하며, 그대를 생각합니다

날마다

매 시간마다

그리고 매 순간마다

그대는 저 멀리 떨어져 있지만

내 마음속에 아주 가까이 있고

내 기억 속에서는 내 곁에 앉아 있습니다

서로 멀리 떨어져 있어 손을 잡아볼 수는 없지만

그대의 마음은 그 어느 때보다도 더 가까이 있습니다

우리 사이의 거리는 그대를 향한 내 사랑을

더욱더 굳게 할 따름입니다

사랑의 목소리는 실금처럼 메아리친다
_달마는 왜 동쪽으로 왔는가

최동호

누구나 알 수 있는 고요는 작고
여린 물살에도
쉽게 부스러진다

큰 고요는 어디로부터 오는지도 모르고
어떤 것으로 깨뜨릴 수 없는
바위 속에 들어 있다

금붕어의 등지러미가 물살을 따라 흐르는
고요는 물결처럼 고요를
부르고, 고요의 파동이

깨어지지 않고 둥글어져 고요의 메아리가 화답하는
작은 고요보다 더 작은 흔들림이
실금처럼 지나간 사랑을 오롯이 파동친다

고요에 화답하는 사람들의 낮은
사랑의 목소리도
작은 고요의 물결보다 더 작은 지느러미를 흔들어
실금처럼 지나간 사랑의 추억을 메아리친다

행복한 마음으로 당신을 사랑합니다

폴 고갱

사람들은 모두

자신의 방식대로 행복을 발견합니다

나는

행복한 마음으로

당신을 생각합니다

그대를 사랑하는 이유

오버그

그대를 사랑하는 이유가

몇 가지나 되는지 헤아려 봐야 한다면

그 수가 너무 많아서

온 세상을 다 돌고도 남을 거예요

그대에 대한 나의 사랑을

말로나 글로 써 보라고 하면

그 말을 다하기도 전에 내 목은 쉬고

그 글을 다 쓰기도 전에 손가락이 아파오고 말 거예요

그리고 저도 모르게 화가 나겠지요

그건 너무 힘겨운 일이니까요

하지만 그대를 향한 제 사랑에도 기적은 있을 거예요

그건 바로

사랑하는 이유를 헤아릴 필요도 없고

설명할 필요도 없으며

멋진 말로 표현할 필요도 없다는 거예요
중요한 것은
그대가 나의 사랑임을 알아주는 거예요

우리가 서로 멀리 떨어져 있거나
마음이 산란하거나
서로 침묵을 지킬 때라도
제가 당신에게 사랑한다고 말하면
그건 제 마음속에서 우러나오는
끝없는 진심임을 알아주세요

사랑합니다……

원시遠視

오세영

멀리 있는 것은
아름답다
무지개나 별이나 벼랑에 피는 꽃이나
멀리 있는 것은
손에 닿을 수 없는 까닭에
아름답다
사랑하는 사람아,
이별을 서러워하지 마라
내 나이에 이별이란
헤어지는 일이 아니라 단지
멀어지는 일일 뿐이다
네가 보낸 마지막 편지를 읽기 위해서
이제
돋보기가 필요한 나이,
늙는다는 것은

사랑하는 사람을 멀리 보낸다는
것이다
머얼리서 바라다볼 줄을
안다는 것이다

사랑하겠습니다

호건

꿈을 꿀 수 있다면

생각할 수 있다면

기억할 수 있다면 당신을 사랑하겠습니다

볼 수 있다면

들을 수 있다면

말할 수 있다면 당신을 사랑하겠습니다

가슴으로 느낄 수 있다면

내 영혼이 숨 쉴 수 있다면

당신의 모습을 그릴 수 있다면 당신을 사랑하겠습니다

시간이 있다면

사랑이 있다면

당신이 있다면

당신을 부를 숨결이 남아 있다면 당신을 사랑하겠습니다

이 세상 누구보다 당신을 사랑합니다

언제나 당신이 나만을 생각한다면

빅토르 위고

당신이 나에게 말했던 것처럼
당신이 언제나 나만을 생각한다는 것이 진실이라면
우리 서로가 비록 가까이 있지 않을 때라도
우리의 영혼을 끊임없이 함께 있게 만드는
이 감미롭고 친밀한 생각의 일치를 신뢰하는 것은
나의 가장 큰 행복 중 하나랍니다

그리하여 어느 날 사랑이여

최승자

한 숟갈의 밥, 한 방울의 눈물로
무엇을 채울 것인가
밥을 눈물에 말아 먹는다 한들

그대가 아무리 나를 사랑한다 해도
혹은 내가 아무리 그대를 사랑한다 해도
나는 오늘의 닭고기를 씹어야 하고
나는 오늘의 눈물을 삼켜야 한다
그러므로 이젠 비유로써 말하지 말자
모든 것은 콘크리트처럼 구체적이고
모든 것은 콘크리트 벽이다
비유가 아니라 주먹이며
주먹의 바스라짐이 있을 뿐

이제 이룰 수 없는 것을 또한 이루려 하지 말며

헛되고 헛됨을 다 이루었다고도 말하지 말며

가거라, 사랑인지 사람인지
사랑한다는 것은 너를 위해 죽는 게 아니다
사랑한다는 것은 너를 위해
살아
기다리는 것이다
다만 무참히 꺾여지기 위하여

그리하여 어느 날 사랑이여
내 몸을 분질러다오
내 팔과 다리를 꺾어

네

꽃
병
에

꽂
아
다
오

나의 사랑

조니반

나는 그대를 사랑하기 위해
그대를 원합니다
그대를 사랑하기 위해
그대를 필요로 합니다
그대를 느끼기 위해
그대를 만지기 위해
그대와 함께 하기 위해
이 세상에 살고 있습니다

아침에도, 한낮에도
우리가 함께 할 때에도
멀리 떨어져 있을 때에도
나는 그대를 사랑합니다

나는 오래된 것과

새로운 것을 사랑하고
햇살과 그늘
따뜻함과 서늘함
미소와 눈물까지도
사랑합니다
존재하는 것은 어느 것이라도
오직 당신을
사랑하기에 사랑합니다

그대를 사랑하는 이유는
진실한 사랑의 의미와
당신을 찾아내기 전까지
알지 못하던 것을
그대로 인해
새롭게 발견했기 때문입니다

그대는

내가 사랑하는 모든 것이며

나의 사랑입니다

사랑은 끝이 없다네

박노해

사랑은 끝이 없다네

사랑에 끝이 있다면
어떻게 그 많은 시간이 흘러서도
그대가 내 마음속을 걸어다니겠는가
사랑에 끝이 있다면
어떻게 그 많은 강을 건너서도
그대가 내 가슴에 등불로 환하겠는가
사랑에 끝이 있다면
어떻게 그대 이름만 떠올라도
푸드득, 한순간에 날아오르겠는가

그 겨울 새벽길에
하얗게 쓰러진 나를 어루만지던
너의 눈물

242

너의 기도

너의 입맞춤

눈보라 얼음산을 함께 떨며 넘었던

뜨거운 그 숨결이 이렇게도 생생한데

어떻게 사랑에 끝이 있겠는가

별로 타오른 우리의 사랑을

이제 너는 잊었다 해도

이제 너는 지워버렸다 해도

내 가슴에 그대로 피어나는

눈부신 그 얼굴 그 눈물의 너까지는

어찌 지금의 네 것이겠는가

그 많은 세월이 흘러서도

가만히 눈감으면

상처 난 내 가슴은 따뜻해지고
지친 내 안에선 세상을 다 얻은 듯한
해맑은 소년의 까치걸음이 날 울리는데
어찌 사랑에 끝이 있겠는가

사랑은 끝이 없다네

다시 길 떠나는 이 걸음도
슬픔으로 길어올린 이 투혼도
나이가 들고
눈물이 마르고
다시 내 앞에 죽음이 온다 해도
사랑은 끝이 없다네

나에게 사랑은

한계도 없고

머무름도 없고

패배도 없고

사랑은 늘 처음처럼

사랑은 언제나 시작만 있는 것

사랑은 끝이 없다네

시인 소개

즐거운 편지-황동규(1938년 4월 9일~)
소설가 황순원의 맏아들로 태어났으며 1958년 《현대문학》에 시 〈10월〉〈동백나무〉〈즐거운 편지〉 등
이 추천됨으로써 시단에 등단. 세련된 감수성과 지성을 바탕으로 서정의 세계를 노래한다.

별헤는 밤-윤동주(1917년 12월 30일~1945년 2월 16일)
한국의 독립운동가, 작가, 시인. 일본에서 유학중인 1943년 항일운동의 혐의로 검거되어 2년형을 선
고받고 28세의 나이로 후쿠오카형무소에서 생을 마쳤다. 유고시집으로 《하늘과 바람과 별과 시》가 있다.

그대는 나의 전부입니다-파블로 네루다(Pablo Neruda 1904년 7월 12일~1973년 9월 23일)
본명은 네프탈리 리카르도 레예스 바소알토. 칠레의 사회주의 정치가이자 민중시인. 1971년 노벨문
학상을 수상했다. 주요 작품집으로는 《지상의 주소》《기본적인 오드》《총화의 노래》 등이 있다.

너의 이름을 부르면-신달자(1943년 12월 25일~)
1964년 여성지 《여상》에 시 〈환상의 밤〉이 당선되었고 1972년 《현대문학》에 〈밤〉〈처음 목소리〉 등으
로 박목월 시인의 추천을 받으면서 본격적인 문단 활동을 시작, 2012년부터 한국시인협회 회장을 맡
고 있다.

너를 기다리는 동안-황지우(1952년 1월 25일~)
1980년 〈중앙일보〉 신춘문예에 〈연혁〉이 입선, 같은 해 《문학과지성》에 〈대답 없는 날들을 위하여〉를
발표하며 등단. 시집 《새들도 세상을 뜨는구나》는 기호, 만화, 사진, 다양한 서체 등을 사용해 시의 형
태를 파괴함으로써 풍자시의 새로운 지평을 열었다.

애너벨 리-에드거 앨런 포(Edgar Allan Poe 1809년 1월 19일 ~ 1849년 10월 7일)
미국의 단편 소설가, 편집자, 비평가이자 시인. 미국 낭만주의를 대표하는 인물이다. 주요 작품집으로
는 《황금 풍뎅이》《어셔가의 몰락》《검은 고양이》 등이 있다.

오늘은 내가 반달로 떠도-이해인(클라우디아 1945년 6월 7일~)
수녀이자 시인. 1970년 《소년》에 〈하늘〉을 발표하며 등단. 자연과 삶의 따뜻한 모습, 수도사로서의 바
람 등을 서정적으로 노래한다. 시집으로는 《민들레의 영토》《오늘은 내가 반달로 떠도》 등이 있다.

백년(百年)-문태준(1970년~)
1994년 《문예중앙》 신인문학상에 시 〈처서〉 외 아홉 편이 당선되어 등단. 따뜻한 시어로 전통 서정시
의 계보를 잇는다. 주요 시집으로는 《수런거리는 뒤란》《가재미》《먼 곳》 등이 있다.

만일 당신이 바라신다면-기욤 아폴리네르(Guillaume Apollinaire 1880년 8월 26일~1919년 11월 9일)
프랑스의 평론가, 작가이자 시인. 1917년 희곡 〈타레시아스의 유방〉을 통해 '초현실주의' 란 말을 처
음으로 사용했다. 주요 작품집으로는 《썩어가는 요술사》《동물시집》 등이 있다.

사랑의 말-김남조(1927년 9월 26일~)
1950년 〈연합신문〉에 〈성숙〉 〈잔상〉으로 등단. 1953년 첫 시집 《목숨》을 출간하면서 본격적인 활동. 사랑과 인생을 섬세한 언어로 형성화해 '사랑의 시인'으로 불린다.

다시 첫사랑의 시절로 돌아갈 수 있다면-장석주(1954년 1월 8일~)
1975년 《월간문학》에 〈심야〉로 신인상을 수상, 1979년 〈조선일보〉 신춘문예에 시가, 같은 해 〈동아일보〉 신춘문예에 문학평론이 당선되어 등단. 주요 시집으로 《크고 헐렁헐렁한 바지》 《붉디붉은 호랑이》 《절벽 시집》 등이 있다.

어떻게 사랑하게 되었냐고 묻기에-조지 고든 바이런(George Gordon Byron 1788년~1824년)
영국의 낭만파 시인. 선천적으로 다리가 기형이었으나 수영과 크리켓을 즐겼다. 어렸을 때부터 글재주가 뛰어났으며 주요 작품집으로는 《카인》 《사르다나팔루스》 《코린트의 포위》 등이 있다.

사랑의 역사-이병률(1967년~)
1995년 〈한국일보〉 신춘문예에 〈좋은 사람들〉로 등단. MBC 라디오 〈이소라의 음악도시〉 작가로 활동한 경력이 있다. 주요 작품집으로는 《당신은 어딘가로 가려 한다》 《바람의 사생활》 《찬란》 등이 있다.

자전거의 연애학-손택수(1970년~)
1998년 〈한국일보〉 신춘문예에 〈언덕 위의 붉은 벽돌집〉으로 등단. 고등학교 졸업 후 맹인들을 돌봐주는 곳에서 일할 때 리듬감 있는 글이 좋겠다 싶어 시를 읽어주게 되었고 이때부터 본격적으로 시를 접했다. 주요 시집으로는 《호랑이 발자국》 《목련 전차》 《나무의 수사학》이 있다.

사랑-바울(Paulos 생몰 미상)
그리스도교의 사도로 본명은 사울. 그리스도교 최대의 전도자이자 신학자이다. 그로 인해 그리스도교 신학의 틀이 잡혔다는 평을 받는다. 《로마서》 《고린도전후서》 《갈라디아서》 등이 저작으로 알려져 있다.

임께서 부르시면-신석정(1907년 7월 7일~1974년 7월 6일)
1931년 《시문학》 3호부터 동인으로 참여하면서 작품 활동을 본격화했다. 〈봄의 유혹〉 〈어느 작은 풍경〉 등 목가적인 서정시를 발표하여 독보적인 위치를 굳혔다. 주요 시집으로는 《촛불》 《슬픈 목가》 《대바람 소리》 등이 있다.

세월이 가면-박인환(1926년 8월 15일~1956년 3월 20일)
시인이자 영화평론가. 1946년 〈거리〉를 발표하여 등단. 1949년 동인그룹 '후반기'를 발족하여 활동하였다. 1950년대 대표적인 모더니즘 시인으로 주요 작품집으로는 《19일간의 아메리카》 《박인환 시선집》이 있다.

첫 키스에 대하여-칼릴 지브란(Kahlil Gibran 1883년 1월 6일~1931년 4월 10일)
본명은 지브란 칼릴 지브란 빈 미카일 빈 사드. 레바논계 미국인으로 예술가, 철학가, 시인, 작가이다. 영이 산문체로 쓴 철학 에세이 연작 중 하나인 《예언자》, 아랍어 소설 《부러진 날개》 등으로 유명하다.

겨우살이-정진규(1939년 10월 19일~)
1960년 〈동아일보〉 신춘문예에 시 〈나팔서정〉이 당선되어 등단. 《현대시학》 주간을 역임했으며 시집
으로는 《마른 수수깡의 평화》《들판의 비인 집이로다》《비어 있음의 충만을 위하여》《몸시(詩)》 등이
있다.

그대의 별이 되어-허영자(1938년 8월 13일~)
1961년 박목월 시인에 의해 〈현대문학〉에 〈도정연가〉와 〈연가 3수〉가 추천되었으며, 1962년 〈사모곡〉
으로 추천 완료되어 등단. 주요 시집으로는 《가슴엔 듯 눈엔 듯》《기타를 치는 집시의 노래》《목마른
꿈으로써》 등이 있다.

노래의 날개 위에-하인리히 하이네 (Heinrich Heine, 1797년 12월 13일~1856년 2월 17일)
독일의 평론가이자 시인. 낭만주의와 고전주의 전통을 잇는 서정시인인 동시에 반(反)전통적·혁명적
저널리스트. 주요 작품집으로는 《아타 트롤》《로만체로》 등이 있다.

홀로서기 1-서정윤(1957년 8월 19일~)
1984년 《현대문학》에 시 〈서녘바다〉〈성(城)〉 등이 추천되어 문단에 등단. 주로 만남, 기다림, 사랑 등
의 서정성을 바탕으로 절실한 삶의 문제를 그려내고 있다. 주요 시집으로는 《홀로서기》《소망의 시》
등이 있다.

그대 앞에 봄이 있다-김종해(1941년 7월 23일~)
1963년 《자유문학》 신인상에 시 〈저녁〉이 당선되었고, 1965년에는 〈경향신문〉 신춘문예에 시 〈내란〉
이 당선되었다. 주요 시집으로는 《항해일지》《바람부는 날은 지하철을 타고》《풀》 등이 있다.

내가 만약-헤르만 헤세(Hermann Hesse 1877년 7월 2일~1962년 8월 9일)
독일계 스위스 화가, 소설가, 시인. 1946년 노벨문학상을 받았다. 주요 작품으로는 《수레바퀴 밑에서》
《데미안》《싯다르타》《유리알 유희》 등이 있다.

빰의 도둑-장석남(1965년 8월 3일~)
1987년 〈경향신문〉 신춘문예에 시 〈맨발로 걷기〉가 당선되어 등단. 신서정파 시인으로 분류된다. 시
집으로는 《새떼들에게로의 망명》《젖은 눈》《고요는 도망가지 말아라》《빰의 서쪽을 빛낸다》 등이 있다.

당신이 날 사랑해야 한다면-로버트 브라우닝(Robert Browning 1812년~1889년)
영국 빅토리아조를 대표하는 시인. 엘리자베스 브라우닝과의 로맨스로도 유명하다. 주요 저서로는
《안드레아 델 사르토》《반지와 책》 등이 있다.

푸르른 날-서정주(1915년 5월 18일~2000년 12월 24일)
1936년 시 〈벽〉이 〈동아일보〉 신춘문예에 당선되어 등단. 불교 사상과 자기 성찰 등을 표현했다. 주요
시집으로는 《화사집》《귀촉도》《딸할이 바람》 등이 있다.

내 사랑은-존스베리

이런 사랑-버지니아 울프(Adeline Virginia Woolf 1882년 1월 25일~1941년 3월 28일)
영국의 모더니즘 작가이자 비평가. 의식의 흐름 장르를 탄생시키고 완성했다. 주요 작품으로는 《댈러웨이 부인》《올란도》 등이 있다.

봄-유안진(1941년 10월 1일~)
1966년 《현대문학》에 박목월 시인의 추천으로 시 〈달〉〈별〉〈위로〉가 추천되어 문단에 등단. 여성 특유의 감수성이 느껴지는 작품을 주로 발표했다. 주요 시집으로 《절망시편》《물로 바람으로》《구름의 딸이요 바람의 연인이어라》《누이》 등이 있다.

사랑의 노래-라이너 마리아 릴케(Rainer Maria Rilke 1875년 12월 4일~1926년 12월 29일)
본명은 르네 카를 빌헬름 요한 요세프 마리아 릴케. 오스트리아의 작가이자 시인. 로댕의 비서 생활이 예술 활동에 큰 영향을 주었다. 주요 작품으로는 《말테의 수기》《오르페우스에게 바치는 소네트》 등이 있다.

너에게-신동엽(1930년 8월 18일~1969년 4월 7일)
1959년 〈조선일보〉 신춘문예에 〈이야기하는 쟁기꾼의 대지〉가 당선되어 등단. 〈껍데기는 가라〉를 필두로 여러 참여시를 발표하였다. 주요 시집으로는 《아사녀》《꽃같이 그대 쓰러진》《껍데기는 가라: 신동엽 시선》 등이 있다.

내가 부를 노래-라빈드라나트 타고르(Rabindranath Thakur 1861년 5월 7일~1941년 8월 7일)
인도의 시인이자 철학자. 1913년 아시아에서 처음으로 노벨 문학상을 수상했다. 〈동방의 등불〉이라는 시를 지어 한민족의 독립을 염원하였으며, 최남선의 부탁으로 〈패자의 노래〉라는 시도 써 주었다.

사랑의 비밀-윌리엄 블레이크(William Blake 1757년 11월 28일~1827년 8월 12일)
영국의 화가이자 시인. 신비로운 체험을 시로 표현했다. 주요 작품으로는 시화집 《천국과 지옥의 결혼》《셀의 서(書) The Book of Thel》《밀턴》 등이 있다.

나 당신을 그렇게 사랑합니다-한용운(1879년 8월 29일~1944년 6월 29일)
독립운동가 겸 승려이자 시인. 일제시대 저항 문학에 힘쓰고 불교를 통한 청년운동을 강화했다. 주요 작품집으로는 《님의 침묵》《조선불교유신론》 등이 있다.

사랑의 기도-장 갈로(Jean Galot 1919년~2008년)
벨기에 출신 예수회 신부, 학자이자 시인. 신학과 기도에 대한 시와 저서를 남겼다. 국내에는 《사랑의 기도》가 출간되며 널리 알려졌다.

노래-이시영(1949년 8월 6일~)
1969년 〈중앙일보〉 신춘문예에 시조 〈수〉가, 《월간문학》에 〈채탄〉〈어휘〉로 제3회 신인문학상을 받았다. 자연 서정시를 많이 썼다. 주요 시집으로는 《만월》《바람 속으로》《조용한 푸른 하늘》 등이 있다.

나는 그대를 사랑했다오-알렉산드르 푸슈킨(Aleksandr Sergeevich Pushkin 1799년 ·1837년)
러시아의 소설가이자 시인. 러시아 리얼리즘 문학의 확립자이다. 주요 작품으로는 《예브게니 오네긴》《스페이드 여왕》《대위의 딸》 등이 있다.

이별가-박목월(1916년 1월 6일~1978년 3월 24일)
1939년 9월 《문장》에서 〈길처럼〉 〈그것은 연륜(年輪)이다〉 등으로 정지용의 추천을 받았고, 〈산그늘〉 〈가을 으스름〉 〈연륜〉 등을 발표함으로써 등단. 주요 시집으로는 《청록집》(3인시), 《경상도가랑잎》 《사력질》《무순》 등이 있다.

그대가 있다는 이유만으로도-T. 제프란

사랑과 세월-윌리엄 셰익스피어(William Shakespeare 1564년 4월 26일(세례일)~1616년 4월 23일)
영국의 극작가이자 시인. 영국이 낳은 최고의 극작가라는 찬사를 받았으며 비평가 칼라일로부터 '인도와도 바꿀 수 없다' 는 평을 받았다. 주요 작품으로는 《햄릿》《리어왕》《로미오와 줄리엣》 등이 있다.

겨울사랑-문정희(1947년 5월 25일~)
1969년 〈불면〉으로 《월간문학》에서 신인상을 받으며 등단. 서정을 주제로 하여 불교 미학과 순수성을 우리말로 표현하여 보다 외우기 쉬운 시의 세계를 추구한다. 시집으로 《꽃숨》《문정희시집》《남자를 위하여》 등이 있다.

아름다운 사랑-단테(Durante degli Alighieri 1265년 6월 1일경~1321년 9월 13일 또는 14일)
'단테' 는 두란테의 애칭. 이탈리아의 예언자 · 신앙인 · 시인. 중세의 정신을 종합하여 문예부흥의 선구자가 되어 인류 문화가 지향할 목표를 제시하였다. 주요 작품으로는 《신생》《신곡》《향연》 등이 있다.

사랑이란-오쇼 라즈니쉬(Osho Rajneesh 1931년 12월 11일~1990년 1월 19일)
본명 라즈니쉬 찬드라 모한 자인(Rajneesh Chandra Mohan Jain). 인도의 신비가이자 철학자. 여러 이름으로 불렸으나 1989년 '오쇼' 라는 이름을 택한 후 주로 오쇼 라즈니쉬로 불렸다. 1960년대 철학 교수로 인도를 돌아다니며 대중을 상대로 강연을 했으며 세계의 종교 경전이나 철학자의 글을 재해석했다.

사랑 사랑 내 사랑-오탁번(1943년 7월 3일~)
1966년 《동아일보》 신춘문예에 동화 〈철이와 아버지〉가 당선, 그 이듬해 《중앙일보》 신춘문예에 시 〈순은이 빛나는 이 아침에〉가 당선되어 등단. 주요 시집으로는 《너무 많은 가운데 하나》《겨울강》 《1미터의 사랑》 등이 있다.

사랑의 노래-수잔 폴리스 슈츠(Susan Polis Schutz 1944년 5월 23일~)
미국의 프로듀서이자 시인. 7세 때부터 글을 쓰기 시작해 친구들을 위해 동네 신문을 만들거나 서정적인 시를 써서 선물했다. 주요 저서로 《사랑, 사랑, 사랑》《인생에서 중요한 것은 무엇인가》 등이 있다.

사랑-존 드라이든(John Dryden 1631년 8월 9일~1700년 5월 1일)
영국의 시인이자 극작가. 왕정복고기의 대표적 문인. 시 · 극 · 평론을 통하여 영국의 근대화, 즉 합리적 정신의 대두를 선보였다. 그의 시는 후대의 모범이 되고 비평에도 뛰어나, 영국 비평 문학의 아버지로 불린다.

초혼–김소월(1902년 8월 6일~1934년 12월 24일)
1920년 스승 김억의 소개로 《창조》 5호에 〈낭인의 봄〉 〈그리워〉 등 5편을 발표하면서 등단. 한국 전통
시조의 매력을 자유시 속에서 성공적으로 표현했다. 생전의 유일한 시집으로 《진달래 꽃》이 있다.

진정으로 사랑한다는 것은 –엘제 라스커 쉴러(Else Lasker Schuler 1869년~1945년)
독일의 여류 시인·극작가. 현실과 환상이 융합된 메르헨풍의 산문 작품과 함께 내면표상에 새 경지
를 개척하였다. 주요 시집으로 《명부의 강》 《나의 기적》 《헤브라이의 민요》 등이 있다.

사랑하는 사람 가까이–요한 볼프강 폰 괴테(Johann Wolfgang von Goethe 1749년~1832년)
독일의 철학자·과학자·극작가·시인. 한때 바이마르 공화국의 재상이었다. 독일 고전주의의 대표
자이며 자연연구가이기도 하다. 주요 저서는 《젊은 베르테르의 슬픔》 《파우스트》 등이 있다.

가을에는–최영미(1961년 9월 25일~)
1992년 《창작과 비평》 겨울호에 〈속초에서〉 등 8편의 시를 발표하며 등단. 1994년 첫 시집 《서른, 잔
치는 끝났다》를 통해 문단의 주목을 받았다. 주요 시집으로 《돼지들에게》 《도착하지 않은 삶》 등이
있다.

당신을 사랑해요–베티

그대 창가에–경요(1938년 4월 20일~)
대만의 여류 작가. 작품 대다수가 드라마로 제작되었다. 자기 체험에 바탕을 둔 로맨스 소설을 많이
썼다. 주요 작품으로는 《행운초》 《금잔화》 《황제의 딸》 등이 있다.

별, 아직 끝나지 않은 기쁨–마종기(1939년 1월 17일~)
의사로 활동하던 중 1959년 《현대문학》에 시 〈해부학 교실〉 〈나도 꽃으로 서서〉 등으로 추천을 받으
면서 등단. 의사 체험과 외국 생활을 모티브로 시를 썼다. 주요 시집으로는 《조용한 개선》 《두 번째 겨
울》 《두 번째 겨울》 등이 있다.

사랑은 조용히 오는 것–글로리아 밴더빌트(Gloria Vanderbilt 1924년 2월 20일~)
미국의 배우이자 패션 디자이너·시인. 아버지는 철도왕 윌리엄 밴더빌트. 아버지 사후 막대한 재산
을 상속받았다. 네 번 결혼했으며 배우, 가수 등과 염문을 뿌렸다. 유럽에서 유년 시절을 보내는 동안
시에 관심을 가지게 되었다.

가끔은 비 오는 간이역에서 은사시나무가 되고 싶었다–이정하(1962년~)
1987년 〈경남신문〉과 〈대전일보〉 신춘문예에 시가 당선되며 등단. 시집 《너는 눈부시지만 나는 눈물
겹다》 《한 사람을 사랑했네》는 출간 당시 유행어가 될 정도로 많은 사랑을 받았다.

살다가 보면–이근배(1940년 3월 1일~)
1961년 〈경향신문〉 신춘문예에 시조 〈묘비명〉이, 〈서울신문〉 신춘문예에 〈벽〉이 각각 당선되면서 문
단에 등단. 전통적인 한과 멋을 주제로 한 시조의 형식을 극복하고 쑥넓은 시세계의 구현을 모색하고
있다. 주요 시집으로는 《사랑을 연주하는 꽃나무》 《사람들이 새가 되고 싶은 까닭을 안다》 등이 있다.

그대를 사랑하는 것은-스티븐 태프

사랑의 꿈-정현종(1939년 12월 17일~)
1965년 《현대문학》에 시 〈여름과 겨울의 노래〉로 등단. 서정시의 전통을 혁신하며 새로운 현대시의 가능성을 개척했다. 주요 시집으로는 《사물의 꿈》 《나는 별 아저씨》 《광휘의 속삭임》 등이 있다.

낙화-이형기(1933년 1월 6일~2005년 2월 2일)
1949년 17세의 중학생으로 《문예》에 〈코스모스〉 등이 추천되어 등단. 최연소 등단 기록을 세웠으며 평론 분야에서도 활약하였다. 주요 시집으로는 《적막강산》 《절벽》 《존재하지 않는 나무》 등이 있다.

성냥개비 사랑-자크 프레베르(Jacques Prevert 1900년 2월 4일~1977년 4월 11일)
프랑스의 시인이자 영화 각본가. 초현실주의 작가 그룹에 속한다. 이브 몽당이 불러 세계적으로 널리 알려진 샹송 《고엽 Les feuilles mortes》은 그의 시에 곡을 붙인 것이다.

가난한 사랑노래-신경림(1936년 4월 6일~)
1955년 《문학예술》에 〈갈대〉 〈묘비〉 등이 추천되어 등단. 민족의 정서가 짙은 농촌 현실을 바탕으로 민중과 공감대를 이루려는 시도를 꾸준히 하고 있다. 주요 시집으로는 《농무》 《가난한 사랑노래》 《어머니와 할머니의 실루엣》 등이 있다.

작은 연가-박정만(1946년 8월 26일~1988년 10월 2일)
1968년 〈서울신문〉 신춘문예에 시 〈겨울 속의 봄 이야기〉가 당선되어 문단에 등단. 1981년 작가 한수산 필화 사건에 잘못 연루되어 곤욕을 치렀다. 주요 시집으로는 《잠자는 돌》 《맹꽁이는 언제 우는가》 《그대에게 가는 길》 등이 있다.

누군가를 사랑한다는 것은-W. 카터

접시꽃 당신-도종환(1954년 9월 27일~)
1984년 동인지 〈분단시대〉에 〈고두미 마을에서〉 등 5편의 시를, 1985년 《실천문학》에 〈마늘밭에서〉를 발표하며 등단. 부인과의 사별을 주제로 한 〈접시꽃 당신〉은 많은 이들의 심금을 울렸다. 주요 시집으로는 《고두미 마을에서》 《접시꽃 당신》 등이 있다.

한 그리움이 다른 그리움에게-정희성(1945년 2월 21일~)
1970년 〈동아일보〉 신춘문예 시 부문에 〈변신〉이 당선되어 문단에 등단. 1970년대 중반 이후로 사회성이 강한 시를 통해 인간의 삶을 노래했다. 주요 시집으로 《답청》 《저문 강에 삽을 씻고》 《한 그리움이 다른 그리움에게》 등이 있다.

그대가 나의 사랑이 되어 준다면-알퐁스 도데(Alphonse Daudet 1840년~1897년)
프랑스의 소설가. 자연주의에 가까우나 인상주의적인 매력 있는 작풍을 세웠다. 주요 작품으로는 《별》 《월요이야기 Les Contes du lundi》 등이 있다.

참 좋은 당신-김용택(1948년 9월 28일~)
1982년 창작과비평사의《21인 신작시집》에 연작시 〈섬진강〉을 발표하면서 본격적인 창작 활동을 시작. 주요 시집으로는《섬진강》《맑은 날》《삶이 너에게 해답을 가져다줄 것이다》 등이 있다.

그립다는 말의 긴 팔-문인수(1945년 6월 2일~)
1985년《심상》 신인상에 〈능수버들〉 외 4편이 당선되어 등단. 섬세하고 애잔한 시편으로 문단의 주목을 받았다. 주요 시집은《뿔》《동강의 높은 새》《적막 소리》 등이 있다.

그대를 사랑합니다-L. 에드워드

네가 그리우면 나는 울었다-고정희(1948년~1991년)
1975년《현대시학》에 작품 〈연가〉〈부활 그 이후〉 등이 추천됨으로써 문단에 등단. 여성문화운동 동인 활동 등 사회 활동을 적극적으로 하였다. 주요 시집으로는《누가 홀로 술틀을 밟고 있는가》《아름다운 사람 하나》 등이 있다.

당신을 어떻게 사랑하느냐고요 – 엘리자베스 배럿 브라우닝(Elizabeth Barrett Browning 1806년 3월 6일~1861년 6월 29일)
영국의 대표 여류 시인. 8세에 그리스어로 호메로스를 읽은 재원이었으나 몸이 병약하였다. 39세에 시인 로버트 브라우닝과 결혼하였다. 주요 작품으로는《포르투갈인으로부터의 소네트》《오로라 리》 등이 있다.

사랑하기 때문에-P. M. 윌리엄스

사랑하는 별 하나-이성선(1941년~2001년)
1941년 강원도 고성 출생. 고려대학교 농학과 졸업.《문화비평》에 〈시인의 병풍〉외 4편을 발표하면서 등단하였고, 1972년《시문학》에 〈아침〉〈서랍〉 등으로 재등단. 1988년 강원도문화상, 제22회 한국시인협회상, 제6회 정지용문학상, 제1회 시와시학상 수상. 주요 작품집으로《시인의 병풍》《내 몸에 우주가 손을 얹었다》 등이 있다.

내 사랑을 바칩니다-리처드 W. 웨버(Richard Weber 1932년~)
아일랜드 시인. 조형예술국립대학에서 근무했으며 많은 아일랜드어, 영어 신문에 기여했다. 주요 작품으로는《신사와 숙녀》 등이 있다.

발자국-정호승(1950년 1월 3일~)
1972년〈한국일보〉 신춘문예에 동시〈석굴암을 오르는 영희〉로 당선, 1973년〈대한일보〉 신춘문예에 시〈첨성대〉가 당선되어 등단. 정제된 서정으로 비극적 현실 세계에 대한 자각 및 사랑과 외로움을 노래하는 시인. 주요 시집으로는《슬픔이 기쁨에게》《서울의 예수》《내가 사랑하는 사람》 등이 있다.

다시 태어나도 그대를 사랑하겠습니다-J. 포스터

참사랑-레프 니콜라예비치 톨스토이(Lev Nikolayevich Tolstoy 1828년 9월 9일~1910년 11월 7일)
러시아의 시인이자 극작가. 소설가. 주요 작품으로는 《안나 카레니나》《이반일리이치의 죽음》《부활》
등이 있다.

도화 아래 잠들다-김선우(1970년~)
1996년 《창작과비평》 겨울호에 시 〈대관령 옛길〉 등 열 편의 시를 발표하면서 등단. 생동하는 시어와
발랄한 상상력으로 아름답고 따뜻한 시 세계를 보여 준다. 주요 시집으로 《내 혀가 입 속에 갇혀 있길
거부한다면》《내 몸속에 잠든 이 누구신가》《나의 무한한 혁명에게》 등이 있다.

우리 사랑에는 끝이 없습니다-로런드 R. 호스킨스 주니어

사랑하는 사람이여-헨리 워즈워스 롱펠로(Henry Wadsworth Longfellow 1807년 2월 27일~1882
년 3월 24일)
미국의 시인. 《인생찬가》나 《에반젤린》 등의 작품으로 잘 알려져 있다. 유럽 대륙 여러 나라의 민요를
번역해 미국 대중에게 알린 공적이 크다.

고백성사-김종철(1947년~)
1968년 〈한국일보〉 신춘문예에 시 〈재봉〉이 당선, 1970년 〈서울신문〉에 〈바다변주곡〉이 당선되어 등
단. 현대인의 정신적 방황과 비극적인 꿈과 현실을 파헤치고 있다. 주요 시집으로는 《못에 관한 명상》
《오이도》《못의 귀향》 등이 있다.

내 인생에서 그대는-나폴레옹 보나파르트(Napoléon Bonaparte 1769년 8월 15일~1821년 5월 5일)
프랑스의 군인이자 대혁명 말기의 정치 지도자. 유럽의 여러 나라를 침략하며 세력을 팽창했다. 그러
나 러시아 원정 실패로 엘바섬에, 워털루전투 패배로 세인트헬레나섬에 유배되었다.

우리는-폴 엘뤼아르(Paul Éluard 1895년 12월 14일~1952년 11월 18일)
본명은 외젠 에밀 폴 그랭델. 다다이즘 운동에 끼어들고, 이윽고 초현실주의 대표적 시인으로 활약한
프랑스 시인. 주요 작품으로는 《자유》《독일군의 주둔지에서》 등이 있다.

자모-조지훈(1920년 12월 3일~1968년 5월 17일)
1939년 〈고풍의상〉으로 〈문장〉지의 추천을 받았으며 같은 해에 〈승무〉, 1940년 〈봉황수〉로 추천이
완료되어 시단에 데뷔. 청록파의 대표 시인이다. 주요 시집으로는 《풀잎 단장》《조지훈시선》《역사 앞
에서》 등이 있다.

사랑은 그대와 함께하는 여행입니다-W. 코웰

내가 지금 당신을 사랑하는 것은-로리 크로프트

사랑법-강은교(1945년 12월 13일~)
1968년 《사상계》 신인문학상에 시 〈순례자의 잠〉이 당선되어 등단. 순수와 허무에 대항하는 자신의
시세계를 무의미의 시어로 만들면서 자신만의 특이한 시세계를 표현. 주요 시집으로 《허무집》《빈자
일기》《등불 하나가 걸어오네》 등이 있다.

그대 향한 내 마음은 사랑입니다-마티아스 클라우디우스(Matthias Claudius 1740년~1815년)
독일의 서정시인. 건전한 그리스도교적 심성, 소박하고 청순한 정서 등이 시의 기반이다. 《자장가》와
《죽음과 소녀》는 그의 시에 슈베르트의 곡을 붙인 것으로 유명하다.

사랑의 기교 2_라프로그에게-오규원(1941년 12월 29일~2007년 2월 2일)
1965년 《현대문학》에 〈겨울 나그네〉가 추천되고, 1968년 〈몇 개의 현상〉으로 추천 완료되어 등단. 많
은 문인을 길러내고 '날이미지'의 시론을 주창하며 한국 현대시에 뚜렷한 족적을 남겼다. 주요 시집으
로는 《분명한 사건》 《새와 나무와 새똥 그리고 돌멩이》 《두두》 등이 있다.

내 마음속의 그대-다나 M. 블리스턴

사랑의 목소리는 실금처럼 메아리친다_달마는 왜 동쪽으로 왔는가-최동호(1948년 8월 26일~)
1979년 〈중앙일보〉 신춘문예에 〈꽃, 그 시적 형상의 구조와 미학〉이 당선되어 평론가로 활동을 시작
했다. 1976년에 이미 시집 《황사바람》을 출간했다. 주요 시집으로 《아침 책상》 《불꽃 비단벌레》 등이
있다.

행복한 마음으로 당신을 사랑합니다-외젠 앙리 폴 고갱(Eugéne Henri Paul Gauguin 1848년~1903년)
프랑스 인상주의 화가. 문명 세계에 대한 혐오감으로 남태평양의 타히티섬으로 떠났고, 원주민의 건
강한 인간성과 열대의 밝고 강렬한 색채가 그의 예술을 완성시켰다.

그대를 사랑하는 이유-오버그

원시(遠視)-오세영(1942년 5월 2일~)
1968년 《현대문학》에 시 〈잠 깨는 추상〉이 추천되어 등단. 사물에 관한 깊은 관조로 존재론적인 의미
를 형상화한다. 주요 시집으로는 《반란하는 빛》 《적멸의 불빛》 《바람의 그림자》 등이 있다.

사랑하겠습니다-다니엘 호젼(Daniel Haughian 1930년~)

언제나 당신이 나만을 생각한다면-빅토르 마리 위고(Victor-Marie Hugo 1802년~1885년)
프랑스의 낭만파 소설가·극작가·시인. 사후 국민적인 대시인으로 추앙되어 장례는 국장으로 치러
지고 판테온에 묻혔다. 주요 작품으로는 《노트르담 드 파리》 《레 미제라블》 등이 있다.

그리하여 어느 날 사랑이여-최승자(1952년~)
1979년 《문학과지성》 가을호에 〈이 시대의 사랑〉 외 4편을 발표하며 등단. 삶에 대한 절망의 언어를
통해, 삶의 진정한 가치에 대한 호소를 시로 표현한다. 주요 시집으로는 《이 시대의 사랑》 《연인들》
《쓸쓸해서 머나먼》 등이 있다.

나의 사랑-조니반

사랑은 끝이 없다네-박노해(1957년 11월 20일~)
1983년 《시와경제》에 〈시다의 꿈〉을 발표하며 등단. 예술성과 정치성을 겸비한 대표적 노동자 시인으
로 알려졌다. 주요 시집으로는 《노동의 새벽》 《머리띠를 묶으며》 《참된 시작》 등이 있다.